李越 著

远游

TRAVEL FARWAY

那更多命运已给予的

我们无法拒绝

像湖海无法拒绝天空的倒影

羊群翻滚着涌向暮色

母鸡抱窝

木架上，公鸡打盹

骄傲得像一名封建家长

甘肃文化出版社

甘肃·兰州

图书在版编目（CIP）数据

远游 / 李越著. -- 兰州：甘肃文化出版社，2024.6
 ISBN 978-7-5490-2988-4

Ⅰ. ①远… Ⅱ. ①李… Ⅲ. ①诗歌－中国－当代 Ⅳ. ①I227

中国国家版本馆CIP数据核字(2024)第104382号

远　游
YUAN YOU

李　越 | 著

责任编辑 | 张莎莎
封面设计 | 马吉庆

出版发行 | 甘肃文化出版社
网　　址 | http://www.gswenhua.cn
投稿邮箱 | press@gswenhua.cn
地　　址 | 兰州市城关区曹家巷1号 | 730030（邮编）

营销中心 | 贾　莉　王　俊
电　　话 | 0931-2131306

印　　刷 | 兰州银声印务有限公司
开　　本 | 787毫米×1092毫米　1/32
字　　数 | 80千
印　　张 | 6.875
版　　次 | 2024年6月第1版
印　　次 | 2024年6月第1次
书　　号 | ISBN 978-7-5490-2988-4
定　　价 | 68.00元

版权所有　违者必究（举报电话：0931-2131306）
（图书如出现印装质量问题，请与我们联系）

序言

"唯有劳作给予我们抚慰"
——读李越长诗《远游》

荣光启

珞珈山一直有出诗人的传统,许多青年学子,在此成为诗人,有的读书期间就在诗坛声名远播,有的是毕业之后才浮出水面,李越属于后者。在学校期间,他研习哲学,性格、作风皆沉潜,虽专注于读书、写作,但未以诗人之名为人知,我也是在他毕业之后几年才与他相遇。他的诗中常有这个意象:"云阵列车缓缓开动/以其轻其慢丈量——天涯。"这是他对云朵的凝望与想象。这个场景也是他一直以来生活与写作的一种象征:诗人在用缓慢的思忖与言辞丈量着天涯人生。是"云阵",不是云朵,前者更显出厚大、凝重的景象。他的诗行一节节诞生,如"列车缓缓开动",似乎也显示出诗人在写作主题上的凝重与技艺方面的刻苦寻求。如同曾经的那部长诗《慢》所提示的,他的人生是慢的，但正是在世界的快与自我的慢之间，诗人获得了一个沉思冥想的角度，获得抓住稍纵即逝的对永恒和实在的领会之机。在一个人皆相信"进步"的神话、努力"与时俱进"、狂飙突进又疲于奔命的时代，能慢下来思虑自身和人本身的问题的人，是一个有福的人，因为他必得永恒和实在之亲近。

> 高频次翻滚的花朵不断开放
> 白色马群推向海滩。
> 云阵列车缓缓开动
> 以其轻其慢丈量——天涯。
> ——《慢·7》

如同云朵的不断开放、堆积与推进而成为云阵，一切是轻的，但又是重的、让人震撼的，这些年，李越的长诗写作与此景颇为相似。他在生活中的轻与慢，呈现出让人敬畏的诗之重。长诗《慢》中，你不光能读到每一节当中意象的闪光，你也能读到那些节与节之间的美妙呼应，它的节与节之间有语速、语感和逻辑上的脉络。而如今长诗《远游》，更是诗的结构之艺术、想象与思忖的巨制。

《远游》六卷，分别为"往观""远游""天运""言归""击壤""回响"，在我看来，似乎有相应的主题，我且简化为六个："童年""求学生涯""求职经历""回归故乡"（以一个鬼魂的视角）、"故乡的劳作场景"（对真实故乡的叙述）和想象那个"衰老的、枯萎的我"。诗作整体上以个人的成长为线索，沿着成长的轨迹展开叙述，以那个在"远游"中的自我形象为核心，其目标是寻求人真正的"抚慰"。诗作前三卷是在时间上的延续，卷四、卷五是在空间上拓展（灵魂之境与现实之境），最后是终结篇：语词乃人叩问"命运"之"回响"；虽"浮生终日远游"，但"唯有劳作给予我们抚慰"。全诗近2500行。这种宏大结构的诗作在新诗写作普遍口语化、简单化的今天，难得一见。

对于这种"大诗"、长诗，人们常常诟病其"大"，认为这种建构一个更大的想象空间的方式会带来对存在的具体把握，甚至认为写作这样的诗篇的人，还停留在青春期式的浪漫呼喊与偏执狂之阶段，比如人们对于创作《太阳·七部书》此鸿篇巨制的诗人海子（1964—1989），就有这些批评。但事实上对于长诗，我的态度是，即使你不能整体性地欣赏其冰山一样的雄姿与高冷的光泽，你仍然可以从局部入手，敲打下冰山的一角，依然可以得到大块的珠宝。对于那些优秀的长诗作者，其作品的每一个局部都是精心构置的，局部与局部之间都有深意的连接（在意象和想象上，《远游》卷一的结尾连接卷二的开头、卷二的结尾连接卷三的开头。卷四与卷五的对应关系），即使你无法整体性地欣赏长诗，你仍然可以将长诗作为短诗的组合来寻求你要的美或感动。

  颓圮的礼堂垂挂着泪滴
  潮气使霉味更加浓郁。
  大师们在书架上腐败，
  无人问津。读者寥寥，
  他们被阳光一遍遍细数
  或陷入思想的阴天。

  梦境抽取所需的图书，
  书脊上，金字闪闪发光
  思想史镌刻你的大名
  欢欣鼓动着心脏。

皇皇巨著与大师同列

荣耀的时刻终于来到。

而他们埋头苦读

无人理会你的欢呼。

读者退至更远的暗处。

你读着费解的篇什

缠绕的长句绵延

始终找不到一个句点。

理论黏稠地涂抹。

庞大的体系你侃侃而谈

辩解时却絮絮叨叨。

人人质问那明显的漏洞:

伤口汩汩冒着黑血

绷带漫长亦无法将它止住。

惊恐难以名状,你逃窜,

破门而出,却进入

《逻辑哲学》的课堂

哥德尔不完备性定理的

远游

考题在黑板上等你。
无法参破那白色的陷阱
你满头大汗涔涔滴落。

这是卷二《远游》第十,诗人在追忆自己的大学生涯,宿舍、课堂和图书馆,这些现实场景在超现实的笔法中,获得了一种荒诞的叙事效果,这种效果里有一种后现代社会中人不能把握现实、人被不确定性笼罩的悲剧感。"惊恐难以名状,你逃窜,/破门而出,却进入/《逻辑哲学》的课堂……"这些语词和情境,颇有"第三代诗人"李亚伟的成名作《中文系》(1983年)之意趣。在李越的长诗世界中,我们随处可以觅到这种精致的局部。

我有新鬼缓缓坐起
俯察着面前这具尸体。
现在我还记得
那可怕的遗忘。

卷四《言归》如前所言,由前三卷的建基于现实的想象突然进入一个"鬼魂"之境,进入一个玄幻的神秘之境，"我"与"新鬼"（"那人"）展开一种对话关系，这种充满戏剧性的叙述，"在可能性的狭隙中游走"，在生与死之间游走，在现实、记忆与幻境之间游走。作者所想象的那个与"灵"相关的空间，容纳了诸多复杂的生存经验及对于生命的诘问。这也让我想起古老的圣书中关于上帝公义与否、好人为何受苦这一重要问题的经典片段，在上帝尚未显现之前，魔鬼捷足先登——"有灵从我面前经过，我身上的毫毛直立。那灵停住，我却不能辨其形状；有影像在我眼前。我在静默中听见有声音说：'必死的人岂能比神公义吗？人岂能比造他的主洁净吗？'"人与那个"死去"的自我，或者说另一个自我的对话，也是现代文学中常见的修辞。鲁迅（1881—1936）的现代诗名作《野草》（1927年）中也有这样的想象，其中《墓碣文》里那个"我"与"新鬼"对峙的梦魇，就让人十分惊悚。当中对于自我的分裂、语言与存在之关系的思想，也极为深刻。李越在卷四中所塑造的"新鬼"形象、在卷六中叙述的那个垂垂老矣的自我形象，叙述者"我"与自我疏离开来，甚至从自我中分离出鬼魂之象，这种视角与叙述，使这种抒情长诗充满了情境上的戏剧性与意蕴的复杂性。

事实上,李越的写作,不仅在汉语的文学传统之中,也在西方哲学的一种传统之中,他在硕士研究生期间研习大哲学家海德格尔(Martin Heidegger,1889—1976),在他的诗歌写作中,我们随处可见海德格尔的语词与思想。如同在其他卷能见到"沉沦""日常"等词语一样,在卷五《击壤》中,频繁出现的是"大地""劳作""操劳""上手"和"手艺"等词汇。《击壤》在全诗中的位置和内容都非常重要,这是关于故乡的劳作场景的现实化叙述(前一卷的"言归"以鬼魂视角叙述归乡,境界"虚幻"),是对西北农村劳动者生存状况的呈现,想象壮阔,情感深沉,有现代大诗人穆旦(1939—1945)名作《赞美》(1941年)的境界:

……
耙齿亮如钢牙,铁耙
将土壤炒制出成熟的味道。
在高大的田埂上
他蹲坐如一只兀鹰,端详
夕照下的金色土地。

飞机耕耘着万亩云田。

我们终身与土地缠绵,
以上手之物的操弄
呢喃,搅动烟尘
偷眼观瞧白首爷娘。
铧犁翻起的泥浪死去活来
湿热的喘息阵阵扑来。

虽然在"大地"上的"劳作"充满艰辛,但我们仍然要赞美"大地"与"劳作":"他们隐匿,但大地不自有,/它馈赠,通过生育众多。/大地的丰饶之神笼盖四野。//它总让出,愈往上/便愈给予更多的空间。/我们接受这馈赠。//那更多命运已给予的/我们无法拒绝/像湖海无法拒绝天空的倒影。//我们感谢,永远躬身劳作/诚挚地鞠躬感谢——/这劳作唯一的姿态。"毫无疑问,这是非常精彩的关于"土地"的诗篇,但作者这种对于"大地""劳作""操劳""上手"和"手艺"等词语的深情,并非单单来自作者对于农耕文明的眷念,他可能也来自海德格尔哲学意义上的对生存本真状态和"真理"的寻求。"劳作"和"思"与"诗",有一种同构关系。海德格尔说:"不管怎么说,思也是一项手工活,因而它与手有密切的亲缘关系。在常识看来,手是我们有机肉体的一部分。然而,手的本质却绝对不能界说或解释为肉体的抓握器官。类人猿也有能抓握的器官,但它们却没有手。手必定不同于所有能把握的器官……手所能具有的本质是一会言说、会思的本质,并能在活动中把它体现在手的劳作上……手的每一动作都植根于思。因此,要是思有朝一日会完成自身的话,思本身就是人的最简单因而也是最艰难的手工活……"如诗人所言:"终身与土地缠绵",这种在大地上的躬身劳作,与领悟存在的真理的"思",相互极为密切。从诗歌写作的角度,没有这种与生存本身的缠绵、没有这种"躬身劳作",我们很难有对于生存经验的真切体悟,诗必然沦为形而上学的、观念化的语言堆积,诗中存在的状况仍然是晦暗不明的。所以诗人说:"人啊,这浮生终日远游 / 唯有劳作给予我们抚慰。"《击壤》一卷不是乡村叙事,其内核不是一般意义上的乡村经验,而是躬身于大地上的人的劳作经验,这种经验是"诗"的,它指向真实的生存,而这种"真",在以技术为生产力、以计算为生产方式的现代社会,几乎消失了。"劳作"在这里,不是对故乡父老乡亲的劳动姿态或精神的赞美,而是把握存在、体会生存之真的根本方式,所以说"劳作"是"抚慰"。"唯有劳作给予我们抚慰",这一句式,与海德格尔晚年"只还有一个上帝能够拯救我们"一语颇为相似。

如此理解卷五"击壤",卷六"回响"的出现,就成为自然。卷六中,整个世界被技术化(诗作中出现大量与计算机、医学、生物等专业相关的科学用语)、机械统治着人类,人在其中,仅仅成为器官的构成与程序的运作,第二组中,诗人写道:

衰老的身体支撑着我
钛合金骨架温柔
程式控制也更加柔和
但仍有数十项程序
在我体内繁忙地运作。
……
三点整,苏医生等我。
打印的心脏从冷藏室

取出，等待跳动。
我像一条鱼一样躺着
阿尔法将为我操刀。

借着对在衰老与疾病中的老年自我的想象，诗人可能隐喻的是一个更大的生存经验：这个世界，一方面是科学技术日新月异、人类在不断"进步"的神话（尤其是"阿尔法"所代表的人工智能，更加让很多人振奋不已），"我们也迎来光临"；但另一方面，"荒原"的梦魇始终缠绕我们：

荒原上，黑气随风弥漫
好似滚滚浓烟。荒凉叫嚣。
沙石投喂着饥饿的风暴
在癫狂地撞击中被消化殆尽。

风暴：跛脚巨人，脚步
时轻时重，时而擂动重鼓
使大地翻浆，巨石抖筛；
时而轻蹴着枯草结成的鞠。

呼哨时紧时松，时而轻佻
时而以尖锐的蜂鸣宣示激烈，
它之为它已到达临界
故障的报警声此起彼伏。

期限已近，脚镣敲击着
银铛的节奏，计算着剩余的时间。
烈风鞭笞，使皮肤绽开血花
血染荒野，这大地的献祭！

地面倾倒，巨石滚动，
上帝的桌子上乱石抖落——
多面骰子旋转着命
终将直击落定时的那一面。

这是《远游》的最后一组，清晰可见《荒原》的境界与弥漫其中的悲观气息。整首诗如此漫长的想象与叙述，乃是在叩击大地、思忖人的命运，诗是"大地倾倒，巨石滚动"的"回响"，更是"上帝的桌子上乱石抖落"的"回响"。无论如何，在海德格尔之后的诗人，完成了一次关于当今时代人的命运的"思"。但对于诗人而言，这样的精神"远游"，不会终结。

写长篇巨制《追忆似水年华》的法国小说家马塞尔·普鲁斯特（Marcel Proust，1871—1922）曾说："对于作家来说，理智活动在后。凡不是我们被迫用自己的努力去揭示与阐明的事物，凡是早已经解释明白的事物，都不属于我们的。只有我们从自身内部的黑暗之中取得的，而不为别人所知道的事物，才是真正来自我们自己的，当艺术确切地改写生活时，一种诗意的气氛就笼罩着我们内心所企求的真理，这是一种美妙的神秘。"写作是"从自身内部的黑暗之中"汲取资源，长诗的写作更是将那些庞杂的资源建构成语言的宫殿，这是令人生畏的艰难工作，但这也正是李越所醉心的工作，我想他一定在其中日渐逼近那"内心所企求的真理"。在此次"远游"中，他说，人应"躬身劳作"于大地，这样的"呢喃"，也是"诗"与"思"的真谛。

2024 年春于武昌

荣光启，武汉大学文学院教授、博士生导师、《写作》

杂志副主编。2007年曾获"中国十大新锐诗评家"提名。2010—2011学年,为美国伊利诺伊大学香槟分校费曼项目学者。

目录

Contents

001　卷一　往观

027　卷二　远游

055　卷三　天运

085　卷四　言归

115　卷五　击壤

143　卷六　回响

163　附录

卷一 往观

忽反顾以游目兮,
将往观乎四荒。

——先秦·屈原《离骚》

一

步入中年的他
在盲道上踢着脚尖
像踢着石子儿。

树冠鬼祟地动。
枯叶彼此追逐
在嘈杂中嬉戏打闹。

一波滚动的金币
声势愈发浩大。
大地的鼙鼓震动。

寒风撩起他头发
冰龙舔舐着后脑勺。
行人消失于黑夜。

万物飞逝,星辰远去
条形 LED 屏上
红字滑动得越来越慢。

他开始变化,身形
矮小下来,喉结消失,
奔跑,退回童年
真正像群孩当中的一个。

二

童年是一场做了很久
尚未醒来的梦。

他的手:佛手柑
在光影中如海鸟
投落到魆黑的海面

滑翔搏击,叼起海蛇。

伸缩脖颈,做攻击的
试探。技击格斗。

众多兽首闻风而动
上演光影的戏剧。
炉火在墙上输送暗流
烈火奋力地涂写。

欢欣在指缝间涌溢。
泥团被抟捏,死去活来。
孩子给予它形状

转身将其投入水渠——
老鼠钻进水面
银子战栗不已。

物态开始具有活力
黄泥城外河汊纵横
繁忙的交通贸易初现。

远游

一棵枣树孤独地听取
天边雷霆的话。
他们仍沉浸于建筑
兴修水利，疏浚沟渠
引入更多的渠水。

三

缓缓流动的夜空下
三角形瓜棚抖落星点。
藤蔓连接的果实
或是那原子的根据。

瓜秧羁縻着迷彩星球
他发现其中微妙的联系
并终将深谙这道理。
土壤肥厚的温床上
水分、养料秘密地传输。

枝蔓舒展，摸索着前进
而叶丛下潜伏的
军绿色钢盔按兵不动
伺机发动进攻。
绿色瓜田里杀机四伏。

众多星球呼啸着远去
被打磨得更加暗淡。
透明星球塑积得更大
在叶片上滚动，
碾压，收纳着世界。

星光从棚顶的缝隙里泄漏。
眼瞳的圆井盛满星点
并被一遍遍摄取
载入记忆芯片。
脑筋运转，巡遍周天，
讯息的光点熠熠闪耀。

远游

四

孤独愈发尖锐,遗忘
处理着诸多事务。
他晃动的身影被拉长
一些念头纷至沓来:

我来自哪里,又将
去往何处?没有回答。
意识的声呐锈迹斑驳
但仍终日呲呲作响。

云朵堆积的城池
在天空一遍遍呈现。
云阵列车缓缓地开动
而后断裂、飘散。

光影变幻难以置信:

光栅图卡上,两种偶像
交替显现,又都无法看清。

沙丘上,蜥蜴趴伏
藏进伟大的光明。
鸟声喧响恍若海潮。

方向和力道难以把握
坑洞等待,弹珠难落。
那空洞的眼眶等待
像盲诗人谛听着道说。

各色弹珠虽然美丽
但总是难以成功地弹落。

未知的恐惧将他击退
从探险的绝壁滑跌
陷入孤寂的自我。

万物退避三舍,脊背

远游

黢黑,谜一样背对着你。

五

游戏生活:建造王国。
熟土被踩踏,土星迸溅
火漆之上盖下印戳。
有时泥坑咕哝,气泡
在破灭中寻求重生。

他的心偶尔飞临水上
古铜色的水面布满皱纹:
衰老横陈的博物馆
并无游戏的文物
唯有椭圆形石块点数。

深夜呼喊,应声遍地
处处是躲迷藏的好地方。
月至中天,他们大多

仍是扑空,呼喊的声音
将夜深一次次推向高潮。

无尽地嬉戏玩耍
自由的根系野蛮生长。
月亮在夜空费劲地攀爬
彩云追月,缠绕周旋。

轻推铁门,闪身进来
月光已洒满了院落。
从炕洞钻出的烟霭
在小院里游荡许久,
孤独的诗人踱步沉吟至今。

六

身体在空中呈弧形跃下
巨大的水花将其吞没
不断下沉,展示出曼妙。

远游

孩子们鱼贯而入,跃迁,
猛然浮起,将水花压下。

周身:白浪编织的花环。
头颅有力地摆动,
骄傲的马驹甩下流星。
双臂击打着水面
像捯着两支粗大的鼓槌。
离弦之箭拖走道道水痕。

亿万光年外,流星群
拖着光焰的尾翼前进,
迅疾但仍显得微不足道
从宇宙的尺度看去
它们缓慢得近乎蜗行。

被河水裹上明亮的薄膜
他不断冲破,在出生
与返回母腹间循环往复
变换着泅泳的姿态。

青黑的河水被大口狂饮。

波纹推送着褶皱扩散
褶皱堆叠、舒展
最终隐没于河堤。
但动荡仍旧没有止息
波光在漂移中反射。

夕阳的光柱碾磨着
将百亩草滩渐次点燃。

七

枯木舵手驾驶河流经过
水流喘息,吞吐着气泡。
太阳下降,黄昏上升
红色云阵在天边开动
气泡上映现万马奔腾。

河水懒散地躺在沙滩上
布满苍老的妊娠纹
有时退回，蓄势发动
新一轮进攻。泥沙难民
被迅速滞留、搁浅
被重力沥干，瞬间固化。

疾风沿着河道流窜，
打家劫舍。河岸坍塌，
土块接连落入水中。
远方轰响像百公里外的
火山喷发。河水不断
开辟两岸，泥沙俱下。

劲风使他更加潇洒，
乌发轻扬，汗毛颤动
古铜色肌肤闪耀着光泽。
双腿交叉成别扭的"╳"
胸膛轻轻地起伏
微弱的鼾声带有颤音。

夕阳停靠在河道中央
河水身披火焰流向夜晚
一部分在洄水处鼓荡。
鸥鸟巡航，来回衔着树枝
将岸边的巢穴不断加固。

八

麦草垛被掀动：
刘海摆荡，乱发参起。
狂风将沙尘卷起，
打转，在地上作胡旋舞
气浪滚滚向前
将数千斤尘土转移。

污迹斑驳的竹片
从提筐中抽取。
刀斧使其轻薄纤细

适于弯曲,在手指的
操弄中被搭建成骨架。

针线盒里,线团被偷拿
他紧紧缠绕、绑起
一只简陋的风筝。
手握着纸鸢等风来到
气流在衣衫间鼓荡
人肉的船帆满张。

从斜缓的土坡奔跑,
听风辨向。它已
乘风远游,嵌入了云天。
醒目的物什在动。
逃离的意志如此强大
他越发地难以掌控。

他牵着纸糊的蝶放牧
采集阴云的蜜。
线轴已转到了尽头:

一根发黄的骨头。
云中群狗撕扯,狂风
呼啸,像它们愤怒的低吼。

九

犬吠:声波探测着夜空。
空洞的回响使它们
恐惧,狂吠不已,
像拉响了防盗警报。
黑暗中羊群站着
紧张地咀嚼
唇齿间挂满了白沫。

屋顶眺望的眼:
斑斓的地平线
在两颗明珠里燃烧。
带状银河缓缓倾洒。
众树潜伏,树梢

远游

交头接耳互换情报。

我伫立不动,像个容器,
万物往里面灌注。
即使闭眼,仍感受到
星河流动在体内的钟上。
两座遥相呼应的钟
时时隐秘地相互校准。

大脑皮层闪耀着星图
神经连接出半人马座。
星球的电波传输脉冲
冲击着神经组织。
头脑的宇宙呼应着外部宇宙。

膜宇宙彼此柔软地触碰。
羊水的薄膜鼓胀、弹跳
身体亲昵地蹭着它。
膜,界限,始有造化。

十

我同时踏入好几条河流
分娩出无数个自我。
大批量细胞阵亡：
暗堡中焦土遍地。
而新的战士已经出现
把守关隘、转运物资。

新鲜的血液流遍全身
毛发野草一般疯长
占据滩涂、湿地。
骨节嘎巴作响，推送着组织
喉结砰的一声撑开
条状海绵充血、膨胀。

我一刻也抓不住自己
彷徨而喑哑，如损坏的钟，

指针不知道转向哪边。
髭须：腮边蓄满苔藓
激变如物种入侵
海棠裸露出巨大的子宫。

我狠狠压住那威胁
野猫仍号哭如弃婴。
身体整晚都在燃烧
像无人看守的灶房，
火舌翻卷，舔舐墙壁。

未知的恐惧压榨着我
冷汗染缬着被褥。
龟蛇盘结，层层堆叠。
云雨瞬息万变
世界的变色龙变换肤色。

十一

风化的骨殖无法辨认
被蛆虫转移的血肉
愈发证实齐物之论。
我努力在意识中剥离
试图将它复原。
不稳定的图像
在思想的重影中隐现。

我面壁,一再叩问
反倒被它所问。
逼仄的墙壁可以逃避
但没有办法逾越。
问题反弹,揉碎意识;
资讯混乱,左右冲突
迟迟难以找到出口。

思想必须走向那深渊。
考量死亡乃是背水一战。
蜂鸣声愈发地尖厉
死亡瞪眼逼视着我
像等待着索要一个答复。

逻辑的乱枝横插直搠
难以精准地拣剪，
奥卡姆剃刀尚未被掌握。
逻辑之树枝干绞缠
死结像铆着劲往上攀爬。

阴云在承尘处盘旋
我在风暴中央使劲挣脱
悲怆的浪潮
淹没了喉咙的河口。
大河在这里喑哑失声
而命运静静地高悬在头顶。

十二

树林中众树摇曳
缓缓地将我送出。
我来到光中
空旷将我接待。
广袤的戈壁无限光明
雪白的盐渍熠熠闪耀
未来在我面前铺展。

山峦阻挡住目光
但无法阻挡思想。
未来仍在绵延。
羊肠小道在旷野中漫步
款步走上山坡
以曲折迂回的策略
翻山越岭。

这不是消失,而是遮挡
思路也是这样在走着。
当我等待
那料定的未来降临。
群星明眸善睐
招引着我。
地平线上光斑喧腾。

而这里寂静
未来是一种"不同":
我总想在我
现在不在的地方。
未来隔空取物
奔赴绵延:
那向回看才有的地方。

远游

我在小土丘上等待
无聊地抛扔着土块
撒豆成兵,终日操练。
它们在愈发地消磨中

碎裂，进而化为齑粉
向远方捎去过时的消息。

十三

自行车啊自行车
吊儿郎当的自行车
骑着它驶向橙黄的圆月

缓缓钻进一个圆
转着螺旋推进纵深。
螺母拧紧时间的螺钉。

他在屋顶上骑车
车轮撬起拱形瓦片。
在屋脊一端凌空
跨越，像一个慢动作。

狗叫声连成一串

像不同凡响的鞭炮声

炸响南方的空旷

夜空的鸢远和宇宙的寂寞。

他缓缓地抬起车把

自行车凌空飞起

像行走在一条隐形钢索上

开始背井离乡

奔向千里婵娟的漫漫长路。

卷二 远游

路漫漫其修远兮,
徐弭节而高厉。
——先秦·屈原《远游》

一

第一次乘船远行
河道两岸蜿蜒
但他寻找第三条岸。

泥身沉重地泅游
逐渐堕向河底
在幽闭的生活中溺水。

在接临小巷的窗边
听到夜里细碎的脚步
像一个缠足妇人。

时间细数台灯的白发
灯光将他们炼进黑夜
三两个光巢孕育梦的幼崽。

他在巷子里来回穿梭
无法同时走进两条
甚至眼下这一条。
生活的机关尚未破解。

他不断往时间深处泅游
体内的时间从未断绝。
他不断往深处去

梦境劈开漆黑的石油
逐渐浮出水面。
午夜波动,光点斑斓。

二

众人从跫音中走出
一个个,有时三五成群。
嘈杂的语音被熔炼
远,近,远,你细听,

想象那形象。熟悉。陌生。

树群亲切，款款地走来
鸟声像花朵处处开放。
而这里只有两头
无法登上第三条岸。
回声：与跫音的对话
你被逼得快要窒息。

阳光下，墙壁抖动薄翼
你紧贴着作茧的正午穿行
想隐入其中，却被它推开。
你盯视，乜斜着眼睛
阳光的螺旋扭动螺纹。
质押合同上摁下指纹。

巷口红色的圆形印戳
火漆耀眼，封印
东方那封巨大的信
而腋下一沓沓信封存着秘密。

你背负着血红的巨轮
难以忍受身后的炙热。

一沓沓被装订成册的
关于文明的信,你轻轻一掖。
在每日去来、穿梭游荡的
巷弄间张口,吞火红的炭
熔炼出低沉嘶哑的嗓音
一骨朵喉结砰的炸裂。

三

出租屋伪装于姑息疗法
大雪将它埋葬
冷冽地白喝着阴郁。

天地被抖亮,并非
猝然以成,而是一下一下。
一扇破旧的门翘曲。

他盯着自己小宇宙的
翘曲点
脑中星空璀璨,斗转星移。

生铁炉膛、炉盘,烟囱,
浓烟滚滚,涌如泉眼
云图在承尘下盘旋变幻。

风暴将至,摇滚乐更加疯狂。
磁带中转轮飞旋
虾线快速地滑转
MP3 迎来咔的一声骤停。

昏黄的灯光照着污黑的被褥。
破屋的裂隙像是在呼扇。
窗玻璃格楞楞作响
将寒冷递交给牙齿。

飞雪扑打、埋葬,房屋深陷,

远游

翘曲的门被推动。
他一步踏出,从光走向光
雪地接纳了手电的灯光。

冷气灌入,肺泡鼓胀
蜂房挤压着蜜涌
蜂巢紧紧地抵住胸壁。
孔雀更加肥胖而苦闷。

四

通红的天幕缓缓滑动。
探照灯严密地搜索。

乌云缓慢地搅动自己
借以缓解内心的焦虑。
灯束像松弛的喷头
在夜空甩动道道光柱。

一种节拍隐含其中。
钟摆仓促而紧张
在最大摆点处,时间消失。

它停歇,在冲破
身体的危险中跌回自身。
摆荡张弛有道,达到高潮。

苦苦支撑的身体
疲软地贴附在物体表面。
地衣缓缓地蔓延
渐渐放弃实体
以占据更多的地盘。

但它们并未失去什么。
黑夜巨大的被窝里
我沉沉睡去,
梦境的地衣蔓延
体内浪潮扩散。

一个被占领的世界
梦在流浪。
蒲公英飘往世界尽头
眼球快速地转动……

五

无法拒绝那些光。
我写这封漫长的信
在六月轻薄透明的午后。

车站泊满光斑。
各式班车涌入、开出
交换鸣笛,切磋长短。
喧嚣说:这里是繁忙的人世。

难以想象它们经历了多少
最后近乎迅速散开
像桌球开场漂亮的一击。

夜间记忆：雷电惊鸿一瞥
交通检查站被曝光。
他们在那光中跑动
紧急战备瞬间启动。

隔层中，几双恐惧的眼睛
大睁，盯视黑暗，
窥见那即将到来的。

忍耐的极限已近
剧烈的喘息使他们起伏。
山峦无法扑得更低。

惊恐的脸发亮。
坚硬的脚步声逐渐深入。
手电筒光束乱扫。

打开地窖，收获第二次窖藏。
他们点数人头，将其

驱赶下车,排成一队,
他们耷拉着脑袋,犯了错一样。

点点星火在地平线跳动
审问的回声在旷野扩散
故事回环迭进,讲了一宿。
群星更加快速地远离。

六

那吸引我的白噪音
烈日下,我们前往那里。
房屋发黄、泛白
我们白中泛黄
被漂洗成白化蜘蛛。

我们亲手布下的蛛网
也将困住我们。
每条蛛丝都指向前方,

白雪覆盖。无路。
眼中闪耀着困惑的光。

白噪音——一个逗引
使注意力在午后的
大音希声、大象无形中
稍作停留。我们决心
前往繁华,但白噪音的
抽象令我们失望。

班车的蓝色时刻表上
连接线两端的地名深奥。
令人费解的甲骨文。

我们轻快地别过
绕经车站,突然出现
在城南气象站的门口
风速计飞快地旋转。

我们继续往南

绿色的南方招引着我们。
高速公路在风中飘摇。
远方使我们更加困惑。

风中飘忽不定的车声
被吼声震聋的耳朵。
剧烈颤动的红色音叉

使上颌与下颌脱臼。
海鳝咽喉处的颌
从怒吼的嘴中张开。

飞驰使他们感到愤怒?
被撞碎的年代
散落一地,无人问津。

七

光明充盈居所,溢出门外

灯光古旧，同我一道
追逐句读，读昨日，
读《公路上的孩子们》。

夜在万物中提炼露水。
蟋蟀急促地呼哨。
按蚊叫嚣，徘徊侦察
用口器刺探，钻开血井。

劲风流窜，叩响门扉。
红色锈斑在记忆中磕落
花瓣栩栩如生
散落在水泥墙脚

亦散落在铁皮烟囱
和松动翘曲的铁门下。
蝶群哀伤而不动声色。

遥远的夜空传来鸦雀之声
"黑色鞋底越过我们头顶"

"人"们列队去往南方。

我们只能在夜间奔行
身披群星,追逐句读。

八

梦境:在深井中坠落
翻转的失重中
星空远离而明光逼近。

恐怖的汽笛尖鸣
喧响在往下的隧洞。
无底深渊吞吃着灵魂
惊叫在喑哑中冲突。

身体经历了无数栅格
自夜半的上铺摔落。
向上抽走的蓝色爬梯。

白色月光浇筑着地面。
雾气弥漫,无人醒来
磨牙声咯吱肢解着宁静。

谁的手将我们推向
真空的电梯井?
人声之潮逼近、远离。
一堂堂课放走我们。

老师激越的点卯声
无法叫醒蛞蝓,它们
在床上瘫成一团黏液。

宿舍楼中,夤夜
往时间的深谷坠落。
麻将的幽灵仍在搓动

电灯忽闪,镀着水银。
英语单词拼凑着费解的语句

口型整晚都在被校准。

辛辣的烟气熏黄肌肤。
印刷字符密密麻麻
投映到所有事物之上。

人人脸面罩着一张黑网。
他们摸自己的鱼
眼神困惑,凝聚成对眼。

九

他挣脱梦魇的重压
进入另一个明亮的梦
陡然一晃混杂在人流中
沐浴着阳光的温水。

毛孔海葵一般舒张
探出细腻而敏锐的绒毛。

操场边的乳白色围栏
被阳光清洗得明亮耀眼。

他们从荫翳的梧桐树道走出
像一群真相大白于天下。
阴郁的情绪被暴晒
喧嚣的浪潮涌向欢愉的岸。

他在三岔路口使劲地辨认
踏入食堂昏暗的门
却发现其中空无一人。

灶间闪烁着幽冷的光
冰冷的水珠缓缓成形
垂挂出一幕淡蓝色的珠帘。

门外大雨倾盆,雨滴
撞击出无数的坑洞
遍地盛开着泥水的脏花。

远游

水流在沟壑间欢唱。
球场上泥浪飞溅
足球甩着泥巴宛如链球。

球网捕捉着雨水
但得分迟迟没有来到。
纤薄的球衣将他们紧紧包裹。

十

颓圮的礼堂垂挂着泪滴
潮气使霉味更加浓郁。
大师们在书架上腐败,
无人问津。读者寥寥,
他们被阳光一遍遍细数
或陷入思想的阴天。

梦境抽取所需的图书,
书脊上,金字闪闪发光

思想史镌刻你的大名
欢欣鼓动着心脏。
皇皇巨著与大师同列
荣耀的时刻终于来到。

而他们埋头苦读
无人理会你的欢呼。
读者退至更远的暗处。
你读着费解的篇什
缠绕的长句绵延
始终找不到一个句点。

理论黏稠地涂抹。
庞大的体系你侃侃而谈
辩解时却絮絮叨叨。
人人质问那明显的漏洞：
伤口汩汩冒着黑血
绷带漫长亦无法将它止住。

惊恐难以名状，你逃窜，

远游

破门而出,却进入
《逻辑哲学》的课堂
哥德尔不完备性定理的
考题在黑板上等你。
无法参破那白色的陷阱
你满头大汗涔涔滴落。

十一

有人夜跑,有人呜咽
酥脆的煤渣碎裂。
主席台张着大口
一个个角色的暗影等待。
幽暗的树木聚拢而来
声音暴露出脚步的所在。

我们紧跟着教授的步伐。
混乱的喧嚷虽不绝于耳
但焦躁的猴子被真理驱赶。

崎岖的小道上泥浆翻涌
环形跑道洪水肆虐
我们驻足在高高的石阶。

自习室阒静像太平间
厚重的书本如微缩棺椁。
暖瓶口，仙气轻声吁叹。
房中蚊蝇飞舞，停落，
细声细语地阅读着书籍，
搓手间满是贪婪的意味。

梧桐树枝叶摆弄着手影。
粉笔剥剥啄食着黑板
梦境的板书正在写就
而听众厥无。教授白头
但仍继续着漫长的演说。
课桌已朽落成片片木板。

四壁回荡着清亮的讲授声。
吊灯：独木舟前后摆荡

远游

透明的江水已淹至屋顶
小船即将倾覆,急急摆荡
而她仍旧沉浸于讲课
对这危险浑然不知。

十二

吊扇发出滞涩之音。
墙壁发汗,沁满水珠。
我们:排排紧挨的雨燕
对迎接道说的暴雨
还缺乏充足的准备。

教授声如洪钟,
微尘颤动,慑于真理之声。
疾风拨拉着书页
笔记本被迅速涂黑。
沙沙声抓取暴雨
洞悉它们还需要时间。

枯燥的理论之树上
绵长的复句缠绕
语词的赘疣遍布
显得更加艰深可怖。
坚守防线如此困难
硝烟滚滚升腾、扭动。

寂静处,一座不稳定的
水上村庄倒影憧憧
明与暗缓慢地切磋。
一架架战略轰炸机
从远方飞来,投下
万吨阴云,弥漫、扩散。

向垓心发起冲锋。
我往那里跑,逼近危险
无所顾忌地冲入绝境。
在深重的困惑中苏醒。
教授仍在拆解繁复的体系

书写板书，涂画白色的圈。

十三

粉笔被黑板吞吃后
殷红的食指亦被吞吃，
它书写，红圈套着白圈：
让人费解的连环。
血渍溅成猩红的环。
巨大的恐惧将我惊醒。

喧嚣的浪潮已经退去。
公共盥洗间的水龙头上
滴水声测试着建筑的空灵。
地面积水往地漏汇集
在狭长的管道中
一下下敲打深夜的更。

起夜人掌间的爆破音

或响亮的弹舌
声控灯无声地回应。
隔板的门扇吱呀怪叫
以啪的一声尾音消散。

窗外，汽车飞驰
寂寞的街被惊醒。
焦虑揉搓着心灵。
神经流的高速公路上
混乱的传导狂飙猛进
疯狂地制造着交通肇事。

五内燃烧着连天大火。
思绪翻涌，来回扑打
将我推挤着往前挪移。
我将接受，在劳力市场的
回形通道中逡巡观望
向社会这老板提交申请。

远游

卷三 天运

天运苟如此,
且进杯中物。

——晋·陶潜《责子》

一

数百只寄居蟹爬动
迎着夕阳,一哄而上。
巨大的浪潮策马奔腾。

自行车大军波澜壮阔
从中缓慢析出的我
像海水中一粒盐的结晶。

太阳的势力渐渐散去
精神饱满的我重回那里。
大家问我好,我问他们好。

他们准时来,像闹铃,
戴上肥大的黑皮耳罩
被捏得吱吱乱叫的老鼠。

经过改良的活字泥版
他们敲得噼里啪啦。
屋里整宿都像下着暴雨。

他们踅入古代的日常,
奥斯曼之秋,扣动扳机
钢铁的蝮蛇喷着火焰。
这虚假的另一个世界。

我维修,穿梭在大厅
开机关机关机开机
船队:虚线驶过蓝屏之海
马赛克方块彼此干扰。

时间的黑影已烙上眼皮
我开始疲于应付
掩藏在电脑屏幕的丛林
匍匐以伺机而动。

我躲避那猩红的眼瞳,

蛰伏于一角。永远清醒的
红外探头盯视现场。

他们握着小小的黑鼠
而野猫般大小的黑鼠
正轻快地从手背上跨越。

二

溽热而黏滞的梦
像严重的卡顿难以逾越。
我被困在时间中,疲软,
肢体熔化,成为无定形。

暑气与万物遭遇
与花树植被的分子碰撞
在叶片和花瓣上涅槃。
完满晶莹剔透,圆融无碍。

亿万颗珍珠滚动的夏夜
亿万个球形世界。
白天,车流把喧嚣带来
又在夜晚将其带走。

孤寂的城中,清道夫
敲响空旷的街和迷梦。
高大的垃圾桶被他拖拽
像拖拽一名酩酊的酒徒。

野狗群尾随,若即若离
搜索藏匿污迹的街道
或因为纷争而撕咬,衔作圆环。
群狗排布着凶恶的阵势。

我被一阵敲击惊醒。
我熟识这敲击,我打扫,
而他们仍在虚拟世界沉沦
眼神迷离,恍兮惚兮
慢慢蜷缩进黑皮座椅中。

三

晨光闪身进来
金光氤氲的佛身照临。
起初的言说宏大
耀眼得几乎使所有事物
处于自身的黑暗中。

他们感到可怕。
梦境抵达危险的边界
色调变得更加鲜明。
而光也照进梦里
万物开始渐渐苏醒。

微尘浮动并不规则
鸟声洪水般破门
粗暴地搅醒耳朵。
野蛮生长的市井之声

几乎蹿到九霄之上。

清醒总是使人难以置信
梦境仍在强光中晃动
像巨大透明的卵泡
整个世界撞击着它。

轨道岔开,事件分蘖的
时光列车快速行驶
却突然消失不见。
汽笛声迟迟没有响起。

他们被打亮,萌芽、生长
又几乎瞬间
长满日光的白发。

四

板材一声不吭地躺在地上。

闪亮的地平线上
带状银河缓缓升起。

他们在群星间跨步
来回搬卸材料,
回到原点,做无用功。

灯箱上,沉默的汉字
在时光的绵延中淬水。
技艺:深藏的矿
等待发掘,工具等待上手。

钢钉在木板中前进
电钻声在耳道内前进
热火朝天前进、前进……

他们急切地敲击、摆布
钻研已热不可当。
两种耳朵快要被刺穿。

远游

榫卯契合宛如一体
玻璃胶缓缓地冒出
灯箱广告在胶合中巩固。

通电之后,文字开始
具有生命。劳作熠熠生辉。
他们熟稔这技艺。

他们放声朗笑,以此
探测子夜的幽深。
夜漏中,劳作的泥垢
附着、塑积,逐渐肥满。

五

现在,他们懂得面临
朝向那伟大的手艺,
光所来的地方。

他们自身也有了光
并将其转递出去。
可以好好看看它了。

文字所在的平面上
攒射出万道光芒
明亮又发毛,生长
能量的三千丈白发。

他们忧愁地观看
在看中迅速地衰老。

人人向死而立。
它,事件视界,
像个绝对的界限。

闪耀的光圈吞噬
无物能够逃脱。
他们迷恋那"物"
像黑洞吸引着他们。

远游

渲染文字的光
也渲染着他们。
不稳定的电流
使渲染浓淡不均。

他们想改善这种差别
以使定律普遍适用。
技艺需要克服自身。

造物使他们发光。
他们让城市发光。

六

烟火使灯箱面目全非
黑色的表面像一个谜
使人久久地出神。

菜蔬：我们从早择到晚。
洋葱使人悲伤流泪
青椒使人喷嚏连天
辛辣的暴雨终日狂灌。

步子终于织成雨脚
吆喝声织作密网。
我跑来跑去跑进跑出
杂乱的讯息由我传递。

乌黑的后厨里，一群群
喷香的飞碟被端走
降落在上帝的停机坪
面对五湖四海的神。

我疾行我快跑我飞驰
两条腿搅起龙卷风。
众多上帝在你面前
唯一的主宰在你身后。

远游

湿透的T恤老不正经
愈发沉湎于肌肤之亲。
疼痛预告骨骼的崩裂。

黑烟滚滚灌入夜空
阴云的大军声势浩大
喧嚣的市声响彻夜空。

七

门扇吱呀一声打开
一片光刑满释放
但它们并未走远
这段经历尤其特殊。

我把自己囚进光笼
而地形将我敞开。
光源消失但死而不僵
黑影定格在我眼中。

老板心怀愤怒的公牛
飞沫携带着污言秽语。
屈辱翻卷但被镇压
愤怒的火舌被浇灭。

思想的反叛已被镇压。
一种疼痛凿刻着我
这饥饿委婉的表达
像石窟里夐远的钝击。

回响更加空洞、深远。
洞穴幽深,直抵山体中心
怦然而动的石头心脏。
我颤抖得更加厉害。

灯光留下的暗影——
一根根粗大的圆柱,突然
飞散成阵阵蝙蝠席卷而来。

远游

八

我持有一袋子证书
但没有一个能证明自己。
社会从来没有执业证。

挎包里,电话机滚烫
言说的冲动越发热切。
三块滚烫的砖
一次次被拿起又捺下。

我礼貌地叩响每一扇门
用木讷的舌头尝试
将话匣子打得更开。
话头潘多拉,瘟疫主宰着我
当销售流行的时代。

每一句话都盛开花朵

天女散花将存在埋葬。
话机沉默但并不温驯
它以自己的方式言说。

忐忑之心终于散入平静
羞耻的晚霞退去。
我想这并非我自己

但真实地活着需要伪装。
我开始遮掩、隐瞒
使谎言圆满得接近真实。

我终于变得善于说话
喜笑盈盈像一湾水。
能够得到三倍提成
三个120元中的20元。

它们有了全新的说法
被安装的电话机嘀咕。
我猜到它们说些什么

远游

但我选择充耳不闻。

我"扫楼",并非清洁,
探及每一个角落
希望实现,或许……

但每间房都被框进
隔阂的毛玻璃。
泪目艰难地窥探。
交谈终究在虚假中进行。

九

马路牙子咬着我们
心事也咬着我们。
沉重的噩耗令人震惊
哀恸使脸庞的船舷倾覆。

致命的病患突如其来。

大楼的阴影寂然生长
命运的黄昏
将我们掩映得更深。

语词难以应付存在。
废墟中，修辞空转
我们沉默如石块，
宁静蓄积的力道快使它崩裂。

命运的审判席上
一尊抽象的佛宣读。
祂一再宣读，重申
众所周知的事项。

沉重的钟声轰响
它只轰响并宣告，
稳如泰山，愈发走近
并降临在你身上。

远游

十

她平静的下眼睑——
房檐上挂着雨珠
她慈悲像垂泪的观音。

阴影苦着她也苦着我
两座忧愁的麦草垛。
悲伤统治着我们。

思绪快速地滑动。
无数念头冒泡又破灭
楼群更快地旋转。

离心力甩动身体
但绝望的菩萨纹丝不动。
我们仅剩下情绪。

网页上纷乱的词条
在眼瞳中滚动。
信息的海洋中,我们
打捞古朴的政策碎瓷。

宋代钧窑的经典案例
明青花沁人心脾
康熙朝斑斓的珐琅彩
使我们兴奋又沮丧。

一道道门槛将我们搞得
晕头转向,徘徊门外。
我们不能坐以待毙
商定 11 个应对方案后
仔细考虑着第 12 个。

我们困兽犹斗,
想从命里挣脱出另一条命
在危险的泅游中
拨拉着社会的复杂性。

十一

事实上我们难以融入
我们之间有很深的隔阂。

石棉手套将我端出——
我青涩,但滚烫。
小心点,鹦鹉螺肉上
酸涩的柠檬汁流淌。

习得很难奏效,你发现
获得越多,失去也越多。
成天对着木头格物
脑壳被锯得咯吱作响。

心尖上漾满湿疹
小小的红花瘙痒扩散。
我们更加频繁地抓挠

那申请,以转移悲情。

焦急使眼泪狂飙
两条白线飘舞。
病号服愈加陷入被窝。

我愈苍白愈像房间的
亲戚,但时间短暂,
是该离开的时候了。

穷的副作用占据说明书
整整三百个页码,
我们从冬看到春
但仍决定吞下这良药。

十二

远游

吗啡让我找回如常。
我仔细摸索着身体

我一直想这么做。
轮廓被给到手里
却离散而化作空无
完全无法去掌握。

我重新回到自己
那疼痛中闪现的我。
道道闪电保持陡立。
但吗啡来了
一切又重回往常
潜泳、沉沦在日常中
隐没于如常之海。

它们来来往往
身体中逗留的过客。
但病灶安家
我反而无家可归。
你知道,即便它没留下
我也无处可去。
吗啡薄情寡义

无法厮守终身。

很多时候仍会痛苦
但这能克服
我又找到吗啡
整宿整宿地占有彼此。
但促成死亡的这些不能。
毒株变异疯长,
弥散、复制、扩张。

为生活所作的准备
已经足够多
为死的也是。
我躺在小小的旅馆里
不时被如常所吞没
嘈杂的音浪冲刷着棺椁
轮回的通道动荡颠簸。

远游

十三

在火车站旁的旅馆里
我走进自己的那间房。
我费尽浑身的力气
也像这样在社会里挤。
我别无去处。

单人床铺着泛黄的床单
卡在四面墙壁之间。
一张横插的电卡
但我无法取电。
廉价旅馆只提供黑暗。

我沉沉睡去,身体开始
决堤,自内而外消解
腰肋间水土流失。
一种冰冷的感觉,

梦境渐渐掺入真实。

车站广场上人流翻卷
臃肿的人影往进站口拥
匆忙得像赶往轮回的通道。
车站广播的爽朗药剂
催动着郁结的声音之胃。

人群的喧嚣冲破防线
耳朵之花永远盛开
我无法充耳不闻。
它们冲刷着我。
明亮的潮水从门缝中灌入
渐渐升至死亡的岸。

我躺着,眼睁睁看着。
那螺旋式上升的图像
我无法抗拒。我在梦中
潜泳,长时间静默
将自己投落成深海之影。

十四

单眼皮伤口整宿睁着
缝合后,疼痛依然醒着。
深不见底的内在性
精神总像在摸索自己。
刹那间瞥见量子纠缠
简直令人难以置信。

疼痛整宿都在絮絮低语
我难以入睡,辗转反侧。
病灶里,炎症烧得正旺
我想象它方形的口。
神经的榕树上
神经元竖目瞪视。

这使我恐惧。我说:
这没什么,可以忘记

但恐惧的熔岩无孔不入。
精神领取了火山群。

那声音说,它只说,
严重地说足以致命。
宇宙之肺深深地屏息。
一块被疼痛扯动的组织
像从斗口处牵扯出
大量的积液、血浆与骨髓。

软弱的人重新回到那里
呻吟着接受吗啡
沉落为平静的海。
皮肤的感受器触向无边。
身体的千足蛛爬往未知。

当我再次眷恋
泪水的罗网
已细密地兜套住脸面。

卷四 言归

众生必死,
死必归土。

——《礼记·祭义》

一

我有新鬼缓缓坐起
俯察着面前这具尸体。
现在我还记得
那可怕的遗忘。

我无法证明自身
纵然怀揣着自身的故事
也无法告诉别人。

飘浮在墙角——
飞天环舞,梵音袅袅
但没有人听得到它
人们正忙于啜泣。

悲伤的河流沉渣泛起
飘满亡灵。

远游

这是我说话的方式:

他们记得,我便活着
不过得靠着他们活
世间一切不从来如此?

我终于看清自己
不论从哪个角度哪一件事。
从死中找出了活
跳出自己看自己。

一个人的水深火热、
爱恨情仇和生离死别。
在这儿,也在那儿。

一片混沌的光,
量子扰动,微词闪烁,
但没有一个人发觉
回光返照只能瞥见自己。

魂魄轻踩着屋顶
踏响破旧的瓦片和青苔。

二

晃动的树梢传递着位置
难以辨别这动是瞬时覆盖
还是依次波动扩散
只有那一瞥可以讲清。

我穿林打叶回溯前尘
迷途令人沮丧,浮世杂音
喧嚣,我没办法全听。
语词之树摆荡,保持着
自身的悠闲和轻俏。

难以判定那凌乱的绿发
是否有着相同的意指。
我困惑于天人之问

远游

徘徊游荡，孤魂野鬼
总像是若有所思。

每个鬼魂都心怀夙愿
即便颞叶区被疼痛轰击
形骸被焦土所取代
仍会有熟悉的味道指引你还乡
游荡在小院之家的上空。

三

父母的碗中盛满了悲伤
酸拌汤在他们口中激荡。
齿牙脱落，褶皱的嘴巴
艰难地啜嚅着痛楚。

风雪之夜刚刚过去
满头白雪映照着红黑的脸。
尘土自上而下

埋藏那意义的中枢。

发白的的确良衣服中
骨架陡然耸立。
衣物感受着枯瘦
一遍遍将骨骼摸索。

浑浊的眼神中
黄河水越淌越慢
泥沙翻腾难以澄清。

眼眵频仍,老年的
眼泪流淌得格外
缓慢,几乎难以被发觉。

他们相依为命
过于衰老使他们
眼睁睁看着硕鼠刨挖墙脚

虫蚁窸窣对接着暗号,

争斗杀伐，攻掠领地，
而他们早已让出了居所。

他们实在太过于衰老
狼蛛眈眈有老虎的架势
但他们毫不敏感
坐等着被时光的蛛网捕获。

四

我从未如此长久地
察看，用灵魂之眼。
鬼魂使他们越发遮蔽。
两团战栗的火抖动着绸子。

灵魂的磷火闪耀着寒光。
孱弱的躯体初尝了
铁齿钢牙的冷冽。

蝴蝶之梦被瞬间淬醒。
有时他们会显得硬朗
斩断藕丝、蛛网
感受自身的完满和独立。

孤独愈发地晦涩难解。
迅速枯萎的身体
瑟缩进一枚褶皱的桃核。

一切终被"儿子"斩断
那终日游荡的鬼魂。
他们苦心编织罗网
想要使后代福泽绵延

但撕裂它的衰老和死亡
已愈发坐实。
果壳更加丑陋、坚硬
精神禁锢衍射出丝状魔鬼。

要么疯狂,要么绝望。

远游

他们更加怯懦,
躲进往事,关灵魂的禁闭。

老人在万物中搜检历史
世界频频回首
过往招徕着他们。
惊诧之间闪现着幻象。

浮动的不稳定的我:
美丽的电雪花
恍惚被他们捕捉。

但惊喜无法消解寒意
他们背负着鬼魂的雪山
退回到无穷的悲伤中
像幼弱的盲孩在冷风中哆嗦。

五

那个时候热浪翻滚
墙面有透明的生机
而死亡使我深感遗憾。

心灵漫长的告别中
自然的观念愈发走向我。
"社会"的洋葱皮脱落。

死亡仅仅是个威胁
而真正的问题是肉体的
痛苦和灵魂的纷扰。

关于死亡的理论宣告破产。
科学主义者的操作间
社会关系的洋葱皮脱落
仅剩的核心仍旧单薄无依。

你我紧贴,如此组织
我们是辛辣的洋葱头。
父亲的紫胞衣包裹着我
父亲的父亲、曾祖父

家族的洋葱谱系
在死亡的观瞧中崩塌。
孤魂野鬼无法通灵。
死的感觉并非往前
而是退回,像回到童年,
还乡,已然物是人非。

你回去的并非真的故乡
而是观念的故乡
真的故乡无法复制。

我退回自身,在忘川
那遗忘的河流,终日逡巡
消磨着自身的形象

形销骨立,阴风森然。

精神的陷落足以致命,
你越凝视它
便越陷入宿命的漩涡。

六

一道笔迹突然终止
书写它的人仍在看它
仔细判断其走势,
记得它,虚构在场,
试图掩盖那真实;
或来一场恸哭
让雨水清洗世界
使其动荡不真。

泪眼:犄角晶莹透亮
泪液黏腻,难以沥尽。

纠缠无法断绝

唯有生硬地斩断

而死亡的不甘在于操心

灵魂紧紧地偎依搂抱

虚捕着一具具躯体。

我比画着他们的眉眼

感受那一把把倒悬的银镰

有前所未有的柔软。

我比划着他们的驼背

被飞沙打磨成鞠躬。

滞涩的胡笳声哪!

并无实体,唯有比拟

扭结着某种关联

使操心逗留,不忍远去。

我终日踯躅观瞧

想等到地老天荒

而他们凝立发呆

如两只疲敝的秃鹫

身披着大氅伫立发呆。

屋檐搬运着光影
星斗翻转着天穹
日子在年迈的犍牛前虚晃。
明媚的阳光下
他们愈发昏昏垂垂
感到白色毛发疯长
记忆重新回到捉虱的岁月
虱子在指甲盖上噼啪破灭。

七

殷红的浆果无处可寻。
火辣的嘴唇一遍遍抿湿
而后皴擦彼此的糙裂。
味蕾久旱,猬集成枯草。
羸弱的她蜷缩在门槛上
谨慎地匀着对食物的回味。

那时的日光格外耀眼
仿佛能照透每一个人。
薄膜般贴附的皮肤
被饥饿搜刮白净的骨骼。
近乎朽烂成块儿的
的确良衣裤被阳光漂洗。

日光的螺旋使她眩晕。
时光无尽漫长,眼睑缓缓
掀开门帘,但仍没有分毫变化。
783棵榆树赤裸相见
饿孱的堤坝将河流阻断。
但祖母姿态更低,趴在
垄亩间磕头:并非佛陀的
宗教,而是粮食的信仰。

天空中,秃鹫流荡如亡灵
向大地投落荫翳的圆点。
它们抖擞着蠢笨的围脖

在干枯的河床搜肠刮肚
啄食着鼓胀的眼珠。
坚硬如钩的喙：
褐色指节叩击空洞的骨殖。

祖母挪动小脚像挪着粽子
蒸煮 17 颗麦仁。
麦香浮沉，欣喜的模样
在清粥里晃荡。她奉上，
巴望它，望它就像吃它。

八

祖母端来粮食给小女。
她们相互迎取，胜利在望
软脚却碰上了硬土块。

瓷碗破碎，一获得众多。
莹白的麦粥重新回到故土

粮食裹上泥身,在投喂的
交接中摆渡,自身难保。

以头杵地的泥菩萨
嘶嚎使她周身轰鸣
身上土屑簌簌掉落。
一场大雪在盛夏飞扬。

辽远的悲怆缓慢生长。
她:银河系一粒微尘。
可能的猜测及历史真实

具足纤毫,而历史的
精血被抽干,徒具空壳。
一只高傲抽象的象龟。

遥远的午后不断远去
在谛听之力近乎极限的
柯伊伯带,寂静生长,
拔丝的光束融入黑暗。

她闭上眼,看记忆深处,
眼睑内血色蔓延。
从一开始,她便料到
那汩汩扭动的红色河流。

九

落日已陷入屋顶。
断头台搁置头颅的
圆孔金光四射。
判决的锤音还在延宕
人头已滚落在地。
但圆孔中滚烫的血
仍保持着死亡话题的高热。

在日夜交界的黄昏
难以避开那死亡之光
它的意义无限耀眼

投落在你的眼瞳。
即使闭眼，它仍在
记忆中蠕动着光的海胆。

沉默带来的寂阒
压榨出难熬的孤独
自内而外自外而内捆束着你。
自我画地为牢。
白杨树枝梢摆荡
以绿叶的舌头交换看法。
众说纷纭。喧嚣无解。

他们沉默像被困于时间
悲痛正撬起地壳板块。
他们迷惑，像面对
困难的哥德巴赫猜想。
几只绿头苍蝇
低声轰鸣，发出震慑。

而生前，我已思考过

所有需要思考的。
被虚无掏空的褐色矿坑
蓝色星球的巨耳
仔细地辨听着远方
鸣啭的飞鸟的种类
那来自遥远未来的涟漪。

十

我持有"空无"工作的执业证
万物似云海一般涌入囟门
像此刻浮动的秋野
庄稼已经收割完毕
空旷的黄金桌面迎接风来。
麦秆趴伏得更加低远。

那牵扯某时某地的人
流经我,又远去。
你知道这云海,在死亡的

虚无中与我们疏离
在奈何桥上我们匆匆照面。

离去吧,何必再搅动
他们日常的沉沦。
遗忘是最好的安定。
甚至大海:远方的密友
噩耗也只教她愈发沉默
退下憧憬的潮汐。

我无数次使他们摆脱我
而连接两个世界的念想
又因何始终萦绕在心?
自我的恒星
已事先被命运所击溃
在无限的怯懦中坍缩。

暗红色羚羊牌电动车
在乡间小道上扯紧马达
土里土气地模拟西风之烈。

父亲苍老,身躯佝偻
如一弯坚硬的银镰
亮出雪白的锋刃前进!

十一

蓝色的衬衫鼓满劲风。
后背:驼峰更加肿胀
以弓弩将身体弹飞。
他迅捷似精神的雪豹
将绝望的雪线甩得更远。

在广袤蛮芜的乡野
他随心所欲而不逾矩。
在操弄机械上他狂野
内心在劲风中张扬。
相比于庞大繁复的城市
和生活在其中的人群
这里的简洁更使他自在。

麦秸的清香成熟而稳定
绵羊喜欢这味道，
压茬推进，细嗅蔷薇
使之成为嘴上之物。
蚱蜢弹腿跃至一米开外。
它们都受雇于本能
稳扎稳打和三级跳跃迁。

而他的本能，像撕咬着
"天命"两个字
说"总得哪怕做点啥"
牙关咬合得咯吱作响
压制着肿胀的牙龈：
一座座釉质火山。

边陲小镇缓缓地升起，
颤颤巍巍，胆怯而小气
透露出不确定的神色。
寥寥行人使它更加孤立

大声呼救,周身轰鸣,
强烈的室颤等待着电复律机。

十二

雨云在人们脸上翻滚
抖晃的肌肉源于阴郁。

手指切脉,笔尖在
处方笺上随意划动着命运。
给予大地的躬身给予他。

我躺在CT操作台上
被射线切割、细数
接受它,那更懂我的。

彩超设备中,血液嘶鸣
数万公里的急行
它们从事着艰苦的劳作。

心脏雄壮地搏动
空洞有巨大的余地。
而更深的血被水泵汲取
输送至更远的末梢。

劳作循环往复
身体已被浇灌多时。
绝妙的构造被惊为天人。

江南水田和云贵茶园中
惊诧的子实口唇大张
嫩芽冒尖,引颈翘望。

翘首以盼中,气泡远遁,
蛙卵在水面上彼此挨挤。
飞蛾浑身沾满了灰尘
在笨拙的乱舞后赴死。

床铺上,尘螨大军的

百万雄师正在潜行

在皮屑争夺战中相互厮杀。

十三

我愈发和时间对峙。

万物流经我：经验的容器

有时它们鱼贯而入

带着斑斓和复杂。

有时只有自我在那儿

一个持续而绵延的自我。

经验的宇宙并不真空

在 36571 个方位延展

画面切换无缝衔接。

意识的魔术师手套

在动与静中暗示时间、宿命。

生活无处可逃。身体的

感受器捕捉微妙——
天花板上流动的身影
走廊里踢踏的脚步声
我不得不在其中消耗自己。

我耗尽心力,无法
将它们调得更慢一些
我自己会更快一些。
更多的文字流经我:
在数千年的地层中游泳
化石在我指触间喘息。

更加隐秘的事被发现——
书写者在字里行间
扣动扳机,虚晃一枪。
杀机弥漫。越来越多的
世界像空中降临的寺,
思想的石榴瞬间炸裂。

十四

无聊时,我追赶时间。
焦虑时,时间追赶着我。
现在,我通过看而听
每个字都努着嘴讲述故事。

建筑世界。我替换那人
在故事的可能性中游走。
庖丁解牛。评头论足。
评论家老鸹成日地聒噪。

这虚构使我过得充实
刻意雕琢又将使其衰老
故事情节的泥彩脱落。

更多的时候它说我听
我有倾听的能力。

口耳之间有一种势能
大道的瀑布倾泻而下。

独臂的稻草人顺势劈开
疯长的稗草,穿越迷途
在风中撞击着晚钟
吁请道说的象群北上。

远游

卷五 击壤

眷然抚耒耜,
回首烟云横。

——唐·柳宗元《首春逢耕者》

一

圆弧在地平线上闪耀。
银镰缓缓地浮动
盼望着收割以完成自己。
没有它,它什么也不是。

明亮的铁锈被夜鸟啄食。
大熊星座的巨斗翻转。
斗转星移,掌握时令
欲在四季中完成那圆环。

我们在天象中轮转
随漂移的房屋浪游
巡遍周天,绘制那星宇全图。

未及之处尚要廓清,
我们看到听到想象到

远游

这伟大的触手可及。

新的一次呼吸已跑遍双肺。
时间无法逗留,绵延岂可止息
未来安能悬止于此刻?

蛮荒之地令人难以忍受。
风已吹遍。耕种的意念流行。
脉搏与浪涌相互感应
家园在手前等待被建造。

平野之心解除了封冻。
春水泛起,土壤潮骚,
肥厚的子宫等待其着陆。

西风吹送着阵阵"布谷"
田野的繁忙势在必行
劳作的圆环缓缓开启。

二

象群经过,地面雷动。
脉搏突突地跳动
冲撞大地的太阳穴。

出于某种生命本能的
原因,它们经过。
沉重的步履使大地
震颤,惊醒一路村庄。

阵阵惊雷贴地翻滚。
黄云里,手扶拖拉机
穿梭,拖着六边形的
铁碌子。欢欣跳跃。

耗尽心力的夏日午休
在大地的宣传鼓动中醒来

在窗棂嗡嗡咬着字音的
艰难中醒来,在墙体
抖擞的尘土中醒来。

谁能无动于衷?
唯有接受命运的馈赠。
何况饥馑狂轰滥炸
在神经的丛林拉响
理智警报的阵阵电铃。

唯有接受,跳出自己,
在每个恰当的位置
观瞧贴地而行的滚地雷。

田间地头、打谷场上
搅动着劳作的龙卷风。
而浓烟里,拖拉机
连串的咳嗽像一种反讽。

三

秋收后,田亩鼓噪得更凶。
根茎的鸡心螺眼睛
伸得更长,探视四周
想要挣脱干裂的土茎块。

劲风无法使其动摇
只能打磨抛光,使之圆滑。
但这没有什么用,
对土块的镇压显得迫切。

常常在热辣的午后
趁它们懒散、毫无防备
拖拉机在强音中入场。

六边形磙子,黑铁耙,
红色拖拉机心旌荡漾。

大地的坚固
和土块的颠簸间充满张力。

铁磙子啊铁磙子
土地追求野蛮、撂荒
我们追求秩序井然

棱角难以长久。铁耙
梳理，耙齿蓄起白髭，
我们呛得使劲咳嗽。

它跳弹。这活儿实在难干。
我们装上两口袋土
挥舞铁锹的蛮力闪耀。

它真正肩负了重担
将生铁的耙齿深深插入
吮吸硅元素的腥膻。

四

覆压的重量仍然不够
而我刚刚好
从八九岁到十多岁
岁岁添加着砝码
使人力在与物的天平上倾斜。

现在换作这瘦弱的老人
巨大的白头翁衰老但硬朗。
重力碾压着土肩膀
血肉的纤夫感到
泥土的粉末顺着肩膀掉落。

肩膀更加结实
一遍遍描绘着图画
以重力挤压的瘢块
和绳索勒痕热辣的镌刻。

以热血冲刷着泥垢。

每一个细胞都将撑破自己
崩裂血泡,剥开
血污的胞衣,生出自己。
瘙痒在他头顶发作
数十公斤尘土炮制的
灰发在年轮中迎来白雪。

耙齿亮如钢牙,铁耙
将土壤炒制出成熟的味道。
在高大的田埂上
他蹲坐如一只兀鹰,端详
夕照下的金色土地。
飞机耕耘着万亩云田。

我们终身与土地缠绵,
以上手之物的操弄
呢喃,搅动烟尘
偷眼观瞧白首爷娘。

铧犁翻起的泥浪死去活来
湿热的喘息阵阵扑来。

五

他喉结上下窜动，
花骨朵盛开，以示感谢。
这神迹他与生俱来。

苦涩的茶水狂灌
贲门今始为君开。
饱满的籽粒理应被记取。

他们一身古铜色皮肤
三五个小人推着独轮车
将骨头牵动，陡然竦峙，
人皮的帐篷砰的撑开。

他们跣足，催动铧犁

雪白劈开黳黑
芳香的刨花：泥浪翻卷。

汗滴悄然触动着泥土
沉重的力使双脚深陷。
死亡的潮汐缓缓升起。

大树下，苦涩的茶水
狂灌他，窝窝头、菜团子
与坚硬的大槽牙较量
食管里掀起狂涛、洪流。

六

劳作者紧咬着牙关
以隐忍蓄积更加强大的力。
抬起爬犁，拨弄茎块
使其脱离对强力的贴附。

沃野绵软,云海浮动。
百亩田间油菜籽播撒
五指的钩爪牢牢抓起

弧形掠过腰际,倾洒出
内径稀疏的半个檐帽。
盈满的提筐被掏空
有换作空,以待更多的有。

熟练的手艺总能使圆满
找到一种无序的协调
像是其自身努力的结果。

他们隐匿,但大地不自有,
它馈赠,通过生育众多。
大地的丰饶之神笼盖四野。

它总让出,愈往上
便愈给予更多的空间。
我们接受这馈赠。

那更多命运已给予的
我们无法拒绝
像湖海无法拒绝天空的倒影。

我们感谢,永远躬身劳作
诚挚地鞠躬感谢——
这劳作唯一的姿态。

七

圆满饱含着欲望,策动分裂
潮湿的愤懑使其鼓胀
胆汁骤聚,终于
勃然大怒,轰地炸裂
抛脱自身而走向下一个圆环。

多毛而有力的根须
充满攫取生命的强大意志。

茎管催动着墨绿色汁液
细胞的薄片飞速流转。
植株的城堡中,绿云聚散
闭合的嫩芽缓缓张开。

雷声在云层中传导扩散
雷霆的涟漪震动天宇
留下电光石火的冰裂纹。
闪电犹如记忆
猛地曝光又逐渐消隐。
雨水冲刷着叶鞘周身。

夜间,水渠低唱着慷慨之歌
他蹲坐在田间地头谛听。
风吹叶动,繁星明暗
烟头一闪一闪,明灭不定
应和着乡间的摩尔斯码。

硕鼠之家被大水漫灌
一家老小流离失所。

草虫仓皇地逃窜,抱着麦秆
蚍蜉撼动大树。
瓢虫的迷你汽车向上疾驶。
主茎原地将自己拔高。

八

滋养粟的也滋养着莠。

12.5 亩的狗尾巴草垂首。
我们熟稔,精于分辨
拖着咯吱作响的小马扎
黄泥磨砺着黑铁,铲除杂草。

红轮在无数个方向磨着我们
在脖颈处煅烧着铜腔
呼吸的活塞上下抽动。
火花塞:微尘燃爆呛咳。

身体的应激反应中
腰板挺直,揩落汗珠,
一群群咸涩的逗号。

灰条、稗草、狗尾巴草
相互缠络,难解难分。
车轱辘格楞格楞转
在崎岖小道上磕腾腾颠。

架子车你拉我推。
我们拱背,在沉重的
步伐中抖动落日的空竹。

羊群翻滚着涌向暮色。
母鸡抱窝。
木架上,公鸡打盹
骄傲得像一名封建家长。

村狗像是在密谋,
一呼百应,闻风而动。

茎秆的拔节声嘎巴作响
一度使它们大惊失色。

麦穗的箭翎缓缓抽出
灌浆在它们体内奔起狂涛。

九

啊，致谢的时辰已到
子实更加饱满圆润。
秋风将成熟的芬芳传送
以飨劳作的圆环。

春种秋收，夏长冬藏，
无人可以将其按下。
康拜因在麦田中滚动线团。

一束粗壮的种子急流
圆满在车斗中飞溅

掺杂的尘土被扬弃。

沾满尘埃的沉重肉身
在众多圆满的籽粒中陷落
于圆环的闭合中得偿所愿。

亿万个告解的赤子
在丰实的仓廪中钻进钻出，
泅游，进而安稳下来。

打谷场上，星海彻夜地
漫漶晃动：凉被上缀满星宿。
他们在鼓尖的麦堆上

爬上滑下，拨弄着栗色的乳房。
而当沉寂，他们凝视着它
就像瞻仰着祖先的坟冢。

早些时候，月光倾泻
而汩汩浇灌的麦浪翻滚。

浪尖上他们弄潮，偶尔
被拍落，踉跄如醉。

乡间小路上，尘土被炒得烫熟。
拖拉机上麦捆垛颠簸
麦穗的众手将他托举、轻抛。

麻绳紧咬住腰肋，麦捆
嗤嗤地喘息，他却轻如君临。

十

思想的风应和着宇宙的风
劳作的风暴正在赶来。
麦仁的雨阵
在简短的停顿后降落。
瓢形麦糠的子宫
分娩出远游的聚落。

粮食的雨脚密密匝匝
向天空也向着大地
向上也向下。
思想的籽粒沉稳地降落
终于堆积成小丘。
它拱背，温柔地起伏
在波动中迢递前进。

我们送走它再将它迎来，
高扬它，使气流和重力
各得其所。麦芒尖利
总是使人难以忍受
在思想的咽喉哽咽
比风中的扬弃更加艰难。

何时风起？金合欢树上
蛱蝶敏捷地收起翅膀
折叠起绚烂的合页。
待其振翅飞走后
还要等待迟到的季风

而危险的雨云突如其来。
我们苦起未成形的思想
在打谷场的小屋里饱受困扰
等待激越或温煦的风来。
天际云涌,成为万佛殿。
清风拂落糠秕的金色假面。

十一

阳光使麦堆耀眼夺目。
日光的芒刺旋转消长
——阳光的麦芒
在颤动中愈益强劲稳固。
麦穗的箭镞搠满田野
黄金之役滚若奔雷。

金色的麦堆上热气升腾
蒸发着酒糟的醇香气味。

肥水四溢,微物逗留
黑色天牛奋力地攀缘
在金色沙丘上犹疑不决
谨慎地探索,留下蛛丝马迹。

沙丘被扒:金子火山
你直抵那潮热的核心
继而将其推平、晾晒。
木棍轻巧地划拉。
粮食的迷宫使人眩晕。

上帝雕琢的粒粒金沙
接受着阳光残酷的拷问
沥干水汽,散尽呼吸。
向内紧扣的齿贝
在谷仓中失去重量。

装入金沙的口袋也倒出它。
沙粒倾泻,争先恐后
像焊接时迸溅的火花

重新获得了热度。
它们沉入谷仓或纷纷纵身
跃入磨盘,接受粉身碎骨。

十二

铁舌卷食着麦穗。
机身颤动,麦粒漂移
逍遥而迷茫,需要
一双大手将其拨入轨道。

脱粒机的钢铁大口中
麦秆如此黏牙
在滚筒的齿条上绞缠
排出一卷卷金黄的徽子。

筛网左右摆动:
沙滩筛动着海潮
彼此推动向前开来。

机械的神奇令人振奋。
操作如传送带
之于齿轮,紧张而忙乱。

机器飞转,效率
榨取着时间的精油
而劳作提炼着汗水、油脂
使肌肉鼓胀、抖擞。

劳作:身体与农具的较量
影子在大地上格斗。
我们由此处来并复归于此

处处是劳作者的胎床
和坟冢。影子操劳,
起起落落,忙碌已到极致。

黝黑的巨大铁锅里
浓汤咕嘟,说着腹语,

面鱼儿翻飞,窜进窜出。

菜蔬的红船绿舫飘荡,
食物以鲜香垂钓
最深的欲望。馋涎四溢。

十三

铁锅噗噗吐气
在酣睡中推演着吐纳之法。
灶火间云蒸霞蔚
山野精灵的暗影浮动。

香气绕梁雕龙,牢牢盘踞。
蛟龙缕缕潜入你
直抵那神经中枢
催动着腺体汩汩生津。

莹润的籽粒吸食水汽

在愈发的肥胖中膨胀
崩裂自我，炸响全身，
复制、分裂着自身。

生长：与自我的决裂。
肥胖的供养人抬升平面
在碗中拱起孤尖
升腾着缕缕香篆。

餐桌前，他的面颊：
绝壁伴生着莹白的籽玉。
鬶觫的米粒孤悬。

餍足的笑颜之花绽放
带动它微微耸动。
应该放开那碗
任由它无限地空旷。

狼吞虎咽之后
饥肠的辘轳停止搅动

远游

断肠之痛消弭无踪。

他抚触着滚圆的肚子
身体沉沦于旃檀
多巴胺投喂着甜蜜。

卷六　回响

> 栖栖失群鸟,
> 日暮犹独飞。
>
> ——晋·陶潜《饮酒·其四》

一

我没事可做,消耗时光。
光影来回翻动,像翻着
空白的书页。时间毫无变化。
树荫一次次经过我
带来清凉的问候。

这世界突然改变。
阴云更加凝练,沉吟着
闷雷,沛然有雨,
它们苦思、酝酿、翻腾
在日暮时分愁肠百结。

青黑的远山更加黯淡
楼群在雾霭中摸索。
混乱中,人流保持着
神秘的秩序。狂风

撕扯着树木,使其摆荡。

酝酿已经成熟——
一道闪光撕破云天
明亮的裂隙放射出信号。
闪电的根茎分蘖出枝蔓:
一棵肆意生长的树。

我惊诧、震颤,
神经之树在体内发光。
繁复的化合反应中
神经酶——记录员
悄悄记取,密码被调动。

二

衰老的身体支撑着我
钛合金骨架温柔
程式控制也更加柔和

但仍有数十项程序
在我体内繁忙地运作。

我无事可做,繁忙属于
它们。我想更敏锐地捕捉
游走在体内的感受性
但还是被昏睡所击败
陷入那欲望主宰的梦境。

感觉材料搭建的迷宫:
多米诺骨牌顺次倒下。
梦境一再快速地跳跃
直至一阵脉冲,植入
皮下的时钟将我震醒。

三点整,苏医生等我。
打印的心脏从冷藏室
取出,等待跳动。
我像一条鱼一样躺着
阿尔法将为我操刀。

远游

苏医生像狱监在屏幕前
看着,她用栀子花香水
而这里弥漫着药物分子,
将其变得芬芳没有任何
意义,它们仍是其自身。

三

我接受这潮流。
老张选择结束生命
刚做了数字备份
不足1T的人生
在炼尸炉里噼啪作响
不再是他自己。

可我还想是我
至少有一部分是。
我想着这件事

只有"它"认同我。
别的东西貌合神离
时常搞点小动作。

我将不是我自己
已然不是我自己。
被替换的零件很多
而意志,你知道
被操控的感觉很不好。

阿尔法很友好
不时给予我温馨提示。
我睡去,毫无意识。
精细地切割后,它摘下
一颗巨大的红色毛桃。

一段没心没肺的时间
真假难以分辨。
我怀疑阿尔法伪造录像
我的记忆像旧时

远游

宣传栏里拼贴掀动的讣告。

四

全息影像怀有穿墙术
在每个实体中穿行
与你亲切地搭讪、交谈
感官像个巨大的
错误，愈强大愈挫败。

记忆时常使人混乱
冰川无秩序地升降。
意识的暗河礁石遍布
"回忆号"驳船飘荡
梦幻的迷雾正经过它。

记忆高超的嫁接术
难以分辨，一个电影片段
被认领，成为记忆中

真实发生的事。
我们共建这精神之家。

并非有或者无,而是空
占据实体。信息入侵,
大脑微缩成一块芯片。
化合作用处理着事物
高速公路上光波抖动。

空的外溢操控着实体。
"我思,故我在。"
想象展开绚丽的全息图。
交叠实现的欲念——
一人孤独地深入其间。

五

一支旅行团曾在此休整。
导游手中的旗:疲惫的火焰

向下摆动告别的绸子。
坐在城市的巨大遗迹前
人人像是在回忆前尘。

霓虹使夜空亮如白昼,
射灯的光剑交锋。摩天大楼
在抬眼中持续生长
被照亮的阴云——
快速滑动的脐带缠绕楼宇。

收音机广播。白狗。
生活曾经这样经过我。
一切都已汇入灯火——
夜的红色溃疡遍布
钢铁落入河流熔化。

更多排队的钢铁。
立交桥上流动的明亮钢铁
被迅速输入夜空
——吃光子的夜,

斑斑星点在天际升起。

众多飞行器在夜空
闪烁,在浓云里摸索。
巨大的轰响,一种
奇特的雷声,众多眼睛
打着光束仔细地探寻。

六

这是雨滴旅途的终章。
水坑张口,盛满天空
苍老的积水布满皱纹
但仍旧亮如桐油,
釉色流光,挤兑出线条。

霓虹灯的倒影铺陈
地面上衍射着微光。
被投映的全息女孩:

彩色的巨蝶微微颤动。
大街上光束扰动
像紧张的夜间巡逻。

他们皮衣上光斑闪耀
野猪般的鬣毛被风
拨弄，胡乱地披散
雨水冲洗着浓重的妆容。
车队飞驰，呼啸而去。

几棵树在雨中急走，
黝黑而潮湿，像
有急事，它们大汗淋漓。
树梢摆荡，急切地呼吸
光影在上面缓慢地割锯。

音响混杂而喧嚣
声音的浪潮堆叠交错
像巨大的气旋钻入耳道。
听力纠集、扭结

使劲地探索着幽微。
强烈的恶心使人五内翻腾。

七

家,信息茧房。不愿回去。
深夜游荡像是一种苦修
哪怕遇到一立方自然。
我一再地被它肢解,
横切平扫,全面标记

在数据光盘上打转
被呲啦呲啦地读取。
电磁反应迸射出火花
暴烈的二进制交替组合
生命敲击着单调的摩尔斯码。

我转向每一个岔口
穿过两座地下城和

有着奇数房间偶数楼层的大厦
并逗引一只电子狗
与其讨论情感的话题。

奔走万里的义肢报错
红色叉号不停地闪烁。
高热派遣白烟和焦味
四处窜访，策动哗变。
一场大火等待忽的爆燃。

让自己忙碌，疲于奔命
在器官和机械叫苦不迭的
呼声中丈量生命。
我的岸很低，唯有刺探
使劲地够着濒死的刻度。

八

城市：光影斗兽场

霓虹把楼体武装
使之亮出慑人的牙齿。
走兽潜行,相互周旋
合金战车低吼着威胁序曲。

灯束挥舞着权杖指天指地,
扫视一切,炫耀权威。
技术建造实体也建造话语。
城市:巨型大脑——
意志的灯盏坚定长明。

机械片刻不停地运作
机巧灵敏地扣合跳脱
咔吧一声后,又一批人
像紧挨的菌菇,顶着
灯光的伞盖,被送往地下。

太空电梯:胶囊被运送
往人造卫星密密麻麻的家。
光点闪耀的金属环带

绕星球之腰缓慢地转动。

被遮蔽的天空,阴云
成日翻滚,阳光无功而返
继续在外太空流浪。
虚假星球闪耀着光点
在云层的缝隙中偷眼观瞧。

九

阴云积攒着强烈的愤怒。
万亩云田阴郁而翻卷
像浑浊的滔天巨浪。
飞行器:银鱼在浪里
腾跃穿梭,灯束交戟。

气流快速地抽动,以此
勾兑阴云的浓淡。
积雨云迎来阵痛

分娩出亿万颗透亮的水滴
给那衰朽以猝然地痛击。

城市中央的英雄雕像
被酸雨重新蚀刻。
积水中，一粒粒奶头跳动
反哺的努力终究无望。
英雄垂暮，四顾茫然。

街边座椅静候着我
而沉重的步履仍在跋涉。
水流的蚯蚓在脸上扭动
须发贴面像沥青的瀑布。

老年啊，浑浊的眼光，
银碗里盛满了悲伤。
陡立的胸肋，排笙呜咽
古老的乐器被身体记取
肌肉颤动着一个世纪的回响。

十

城市：尚未燃尽的巨大篝火
余烬被风吹动，死去活来
刹那间披沥电光石火的
河汉，又退隐为红色的裂纹。

大道牵引着身体前进，脚步丈量，
大地的可靠性被愈益证实。
人啊，这浮生终日远游
唯有劳作给予我们抚慰。

我在地球这端，黄经255°的
西北一隅，地球的阴影之中。
黑暗在耳畔呼呼作响
盗猎百年，原野已被搬空。

荒原敞开，载入所有历史

又放出无限可能。三十年前
半人马座的光在日间抵达，
砂石：荒原土著仍记得所有照临。

我们也迎来了光临。
头脑挥舞着宇宙的拳头，
脑神经元：繁星闪耀，
百光年外的超星系团推演运行。

十一

荒原上，黑气随风弥漫
好似滚滚浓烟。荒凉叫嚣。
沙石投喂着饥饿的风暴
在癫狂地撞击中被消化殆尽。

风暴：跛脚巨人，脚步
时轻时重，时而擂动重鼓
使大地翻浆，巨石抖筛；

时而轻蹴着枯草结成的鞠。

呼哨时紧时松,时而轻佻
时而以尖锐的蜂鸣宣示激烈,
它之为它已到达临界
故障的报警声此起彼伏。

期限已近,脚镣敲击着
银铛的节奏,计算着剩余的时间。
烈风鞭笞,使皮肤绽开血花
血染荒野,这大地的献祭!

地面倾倒,巨石滚动,
上帝的桌子上乱石抖落——
多面骰子旋转着命
终将直击落定时的那一面。

作于 2020 年 11 月至 2023 年 5 月

附录

当代诗歌体系写作的有益尝试
——读长诗《远游》

刘德胜

《远游》,是诗人李越继《苏三的夜》(2012年)、《雨天樱园》(2015年)、《巨石之响》(2019年)、《光影赋格》(2022年)之后的第五本个人诗集。在短短的十一二年间,在诗歌出版整体不易的背景下,李越能够出版五部诗集,足见他写作之勤奋、诗艺之获肯以及人生的某种善缘。《远游》是全新的,是李越对前期创作的接续和新的诗歌美学的再出发。如果要了解李越诗歌的最近动向和最新探索,无疑需要阅读《远游》。它收入了诗人2020年11月至2023年5月所作78首诗歌。尽管李越早年已经显示出诗歌的热忱和创作的才华,但选入诗集的作品往往还是参差不齐的,《远游》从整体看明显更成熟、更老道。要认识这批热气腾腾的作品,角度当然是多样的。这里仅就个人阅读中的部分突出感受，做一些详略不一的注脚。

阅读李越《远游》，给我的第一印象并不是某首具体的诗，而是诗歌的整体，或者说是诗人的结构处理，一种整体性、体系性的追求。我们知道，诗歌写作整体还是以短诗为主。大概为了关注、鼓励长诗写作，诗坛出现了"中国长诗奖"等奖项，但获奖长诗往往成为群嘲的对象。姑且不论具体的某首长诗，长诗之难写是断无疑义的。它既需要有一种整体意识，又需要有相当的经验支撑、经验转化能力以及写作状态和写作水准的维持能力。正是如此，长诗写作不但极难出彩，反而极容易成为各种缺陷的暴露。诗人往往不是在这个环节上出现纰漏，就是在那个局部上显得乏力。最后，在众目睽睽之下，长诗终究成了千疮百孔的存在，以至于作者的写作水平甚至被质疑为停留在小学生水平，尽管创作者往往已是著作等身、有着颇高声望的知名作家。而越是知名作家，长诗所具有的累累问题越显得与他的写作成就不相称，进而让人怀疑起作者全部的写作成就。长诗是难的。甚至可以这样宣称，如果一个著名作家想自掘坟墓，他就去写长诗吧！诗人的通行做法还是写短诗，由此避免了各个环节的处理不周与力不从心。而短诗写作往往是写一首即一首，首与首之间虽然不能说一定没有联系，但联系更多还是经验的、随机的、零散的、有待研究者去建构的。短诗作为文学中的轻骑兵，具有轻盈、迅捷、灵活、随性、自由、流动、精巧等特质。这当然也是它受到人们喜欢的重要原因。

李越也主要是写短诗，也有大量这种随机式、分散式的书写。但是，除此之外，李越还有一种反散漫、反随机的书写。《远游》即是代表。李越创作《远游》，首先有一个宏观的视野、框架和布局，有一种整体感。他不是首先着眼于一城一池，而是首先着眼于一城一池所处的整个地图，然后才在这个地图上去经营一城一池。这绝不是说他某首单一的诗歌不好，而是即使某首单一的诗歌是好的，但如果不是这个整体结构中的一部分，它就不会被放置在这一结构。即使某首单一的诗歌未必是最好的，但由于它是这个结构中的一员，也有其合理的位置。当然，最好的诗歌无疑是这样的：单独拎出来可以独当一面，而放置在这个结构中又是有机的一员。这种由短诗有机组建的诗歌航母，是长诗写作的一种方式。甚至这种写作方式在小说中也有，比如奈保尔的《米格尔街》。它既可以说是一部短篇小说集,也可以说是一部长篇小说。李越的《远游》就是要追求他的诗歌航母。这样的尝试当然也是不容易的,但明显有其诗学价值。正是这种结构意识,这种整体性、体系性追求,使得李越与一般中国诗人的写作惯例相区分。

李越的这种整体性、体系性追求,可以从两个维度加以说明。

第一,整体性、体系性追求是李越诗歌创作的一个发展。可以看到,李越之前已有这种追求,具体体现在长诗《慢》和《还乡》当中。两部长诗同样是由短诗结集在一起,具有一定的结构安排。但又很明显,与前两部长诗相比,《远游》的整体性精进了不少。这至少体现为两个方面。

一方面,《远游》的结构相对更清晰,内容相对更均衡。那么,《远游》的结构具体是怎样的呢?它明确分成六个部分。第一部分为"往观",包括13首诗,是主人公对童年的回溯,由此也拉开了"远游"的起点。其中,第1首是整个诗歌齿轮转动的开始。已开始步入中年的李越,很自然地将一种中年感受、中年经验作为齿轮转动的第一推动力。一开篇，中年主人公行走于冬夜的寒风中，摇动的树冠、追逐的枯叶和滑动的LED屏提供了某种迷离不稳定的氛围。在这样的氛围中，主人公经历了一场巨变。这巨变我们既可以认为是想象的、内心世界的，也可以认为是一场带有科幻风格的变形记。卡夫卡的"变形记"始于虫化，而李越的"变形记"则始于身体的退化：

他开始变化，身形

矮小下来，喉结消失，

奔跑，退回童年

真正像群孩当中的一个

后面的12首写的是由中年"退回童年"后的场景，写了夜空下的瓜棚、一些念头、深夜捉迷藏、游泳、夕阳下的河流、放风筝、夜空下的屋顶眺望、自我的蜕变成长、对死亡的遭遇与思考、对未来的感受等。在这一部分，我们可以看到李越是一个风景妙手。李越笔下的风景往往硬朗、大气、雄奇、壮美。瓜棚当然是为了瓜藤的生长、为了结果，但李越第3首却写道："缓缓流动的夜空下 / 三角形瓜棚抖落星点。"瓜棚尽管是小的,但在李越笔下有了某种上接浩瀚宇宙的力量感和视觉感。在几何图形中,三角形最稳定。因了三角形结构的这一特性加持,仿佛浩渺星群的被支撑也获得了不可思议的稳固性。当然,星群也可以理解为瓜,这样诗句又产生了多义性。第6首写完游泳的全过程后,李越如此结尾:"夕阳的光柱碾磨着/将百亩草滩渐次点燃。"好一幅迷人的夕阳图!与之相媲美的是紧临的第7首:"夕阳停靠在河道中央/河水身披火焰流向夜晚/一部分在洄水处鼓荡。"壮哉斯图,美哉斯景!李越的风景书写不像一部分诗人所做的那样。他们写风景,常常将所写的地方挑明,以带出某种切实的地域感、在场感,以唤醒明确的地方记忆。这是一种明确的诗歌地理学。而李越往往并不点明具体的行政区划和称谓。他的风景又并非没有地方性作为依据,他淡化它、隐匿它、抹除它。李越似乎不愿意通过行政称谓作为某种聚焦与跳板,由此过渡进入地方性风景,而是要直接面对风景、直接展示风景,将它不受干扰的物性展示出来,让我们与物直接相遇。在关于童年的风景书写、往事书写、心理书写之后,诗歌来到了最后一首。在此，流光溢彩的童年以一种带着奇幻色彩的方式结束：

  他缓缓地抬起车把
  自行车凌空飞起
  像行走在一条隐形钢索上
  开始背井离乡
  奔向千里婵娟的漫漫长路

  第二部分为"远游"，也包括13首诗，紧承前一部分"自行车凌空飞起"后的"背井离乡"，大致对应主人公的青年学生时代，涉及种种遭遇、见闻和感受。这部分写得较为梦幻。多首诗用到了"梦境"二字，是这种梦幻气质的暴露。因为写得比较梦幻，不熟悉李越行状的读者相应会有一些理解的障碍。尽管如此，许多碎片依然是可以辨认的，比如雨中踢球、宿舍经验、深夜阅读、老师点名、哲学课堂等。第13首写道：

  五内燃烧着连天大火。
  思绪翻涌，来回扑打

将我推挤着往前挪移。

我将接受，在劳力市场的

回形通道中逡巡观望

向社会这老板提交申请

"将我推挤着往前挪移""向社会这老板提交申请"，意味着学生漫游阶段的结束和社会生涯的开端。

第三部分为"天运"，包括14首诗，紧随上一部分，写主人公从学校进入社会的遭遇、见闻和感受。在这一部分，李越写了戴着耳机、键盘敲得像下暴雨的网吧场景，写了灯箱广告的制作安装，写了出入于后厨和前厅的餐馆服务员，写了被老板训斥的职员，写了"扫楼"的推销员，写了绞尽脑汁推进完成策划方案的白领，写了贫穷的状态，写了身体的病痛和疾病的日趋深入，写了睡在车站廉价旅馆的境遇等。第14首写道：

一块被疼痛扯动的组织

像从斗口处牵扯出

大量的积液、血浆与骨髓。

软弱的人重新回到那里

呻吟着接受吗啡

沉落为平静的海

"软弱的人"不得不再一次"呻吟着接受吗啡",意味着主人公的病入膏肓、死期将至。

第四部分为"言归",也包括14首诗,接续前一部分的病重,写了死后的遭遇、见闻和感受。第1首开篇即言:"我有新鬼缓缓坐起/俯察着面前这具尸体。"这种通过鬼的方式来反观领略人间,颇似鲁迅《野草》写死后的某些场景,比如《死后》《墓碣文》等。余华《第七天》同样写死后鬼魂的漫游,通过这种漫游带出另一个角度的社会世相和复杂人生。李越的死后书写包括新死的情境、鬼魂的孤独游荡、返回故乡、看见挣扎在死亡线上已极度衰老的父母以及艰难度日的祖母、家族的存续与断裂、"我"与万物及世界的关系等。

第五部分为"击壤",包括13首诗,主要写农事、劳作,诸如春的田野繁忙、拖拉机犁地、老人的负重、劳作后的饮水进食、播撒油菜籽、劳作者感受农作物的生长、除草、收麦、打麦、晒麦、磨麦，以及收获后的满足。这是李越六个部分当中具有更突出价值的部分，尽管它与第四部分的过渡衔接不像之前各部分之间所呈现的那样清晰、流畅。自古以来，中国诗歌有田园诗一路，但往往浸透了过于浓烈的文人雅致，带着某种自由、从容、避世、美化的乌托邦色彩。农人是如何在土地上操劳的？那种血肉相搏到血肉相连的浓烈关系，能够很好地、集中性地进行书写的诗歌似乎相对匮乏。李越的这部分书写则是向这个诗学区域的锐意进击。比如第3首写秋收后的松土，便有一种元气淋漓之感。那板结干裂的土块，连劲风也束手无策，只能寄希望于人的强力干预。李越直接用了一个词："镇压"。李越在这里用得好。这个时候，谁不想躲在阴凉的地方安静地休息呢？可农民却只能顶着烈日操控着他轰隆隆的拖拉机"在强音中入场"。接着，李越写了拖拉机铁耙强行介入土地的场景，结尾处则写道：

它跳弹。这活儿实在难干。
我们装上两口袋土

挥舞铁锹的蛮力闪耀。

它真正肩负了重担
将生铁的耙齿深深插入
吮吸硅元素的腥膻

之后数首，李越都写到农民是如何与土地肉搏，写到了在与土地肉搏的艰辛劳作中，农民的身心是如何被这种肉搏所锻造，写这种别具美感的"蛮力闪耀"。这些农作物是如何寄托着农民的希望以及如何牵连着他们的绝望啊，以至于仿佛可以感受到农作物生命的某种裂变和欢腾。第7首殊为出彩，写了农作物是如何勃然生长的。在农作物生命原欲、强力意志的催动中，李越为之设计了云水怒、风雷击的壮阔场面。这简直不是设计，而是出身农村的李越幽微地倾听了、相应地写出了农村的经验。就在一场酣畅的暴雨中，在硕鼠、草虫、瓢虫的竭力逃亡中，"主茎原地将自己拔高"。待到雨过或没有雨的时候，在夜晚一个农民是如何的呢？他哪里也没去，甚至也没有在屋里睡觉，而只是"蹲坐在田间地头谛听"。这是农民面对操劳着的庄稼的行为，这也是农民对土地的那份沉默但有力的感情。"充实之为美"。李越写操劳于农事的整个第五部分，便喷涌着、飞溅着这种元气之魅、充实之美。正是根植于生存的这种肉搏，当看到第13首写农民"狼吞虎咽"和"抚触着滚圆的肚子"的宣泄式反应时，你才不仅不会觉得不雅，反而觉得这才是他们最应该得到的。这是对于劳作最好的回馈，这是枷锁在土地上和挣扎在生存线上的农民式的甜蜜。如果不理解这种农民式的甜蜜，甚至还要去剥夺他们千辛万苦后才获得的这难得的甜蜜，此人多半已麻木到、跨越到这个阶层的对立面。我爱李越整个第五部分的书写，这是出乎真切体验、发乎真实心声、带着诗学价值的劳动赞歌。

　　第六部分为"回响"，包括11首诗，涉及的是科幻图景的想象。这部分的诗作相对少些，原因之一在于经验性的支撑相对匮乏，写起来当然也不似之前那样充分、那样得心应手。但李越尽可能地调动起了他掌握的语词系统，尝试着去建构那个可能的"异托邦"世界。这同样也是《远游》集中具有更多诗学价值的部分。在这样一个世界，"我"生存在全然不同的景观当中。"我"的身体无疑已经全面改造，有的是钛合金骨架和打印心脏。自我的运作不得不依赖于人工智能的大量程序。"我"如果还能称为"我"，大概因为还持存着记忆。但如诗中写道，这记忆也可能有所伪造、篡改，因此也常使人感到混乱。这样一个成问题的"我"所置身的环境，是摩天大楼、亮如白昼的夜、钢铁森林、密布闪烁的飞行器、全息投影、大脑芯片、混杂而喧嚣的音响、数据光盘、电磁火花、电子狗、合金战车、光影斗兽场、太空电梯、人造卫星、成日翻滚的阴云等。这是一个显得压抑又光怪陆离的世界，与之前那样滚动着硕大汗珠、感受着身体的饥饿与疲惫、以肉身相搏的劳动世界构成极大的反差。第五部分是一个有肉身的世界，一个意识与肉身相结合、意识为"我"所有的世界。第六部分则是一个无肉身的世界。在这个世界中，意识一方面已经脱离肉身成为一种储存物、悬浮物、一种云信息，另一方面也已经有所伪造、有所篡改，成了一种混杂信息。"我"在后一个时代已经成为一团疑云。

另一方面，《远游》的视野相对更开阔，设计相对更宏大。这已由前一方面对具体结构的较详陈述体现出来。诗歌的前四个部分分别对应游戏幻想的童年时代、背井离乡的青年时代、进入社会异化的成年时代、死后的鬼魂漫游时代。这四部分可以说是个人的生命史。而第五、第六部分则不仅是个人的生命史,更是时代的演进史。第五部分写了从春到秋的劳作过程,写了与我们息息相关的农业、农事、农民。尽管劳动者也使用工业文明之后的机器,但整体还是处在自然时代之下,是人的身体利用农具与自然的搏斗。整个这一部分涉及的无疑还是我们的旧有经验和现实经验。第六部分则向前飞跃了一步,写的是后自然时代的图景,一种依据当下所显现的某种苗头而描绘的未来可能图景。这种图景常常是科幻小说、科幻电影集中表现的对象。很显然,李越将这种科幻图景纳入了诗歌的写作当中,去冲击诗歌写作题材的广度。因为我们的诗歌更多还是建立在自然时代的背景下,而在这个极端的后自然时代,"哪怕遇到一立方自然"也是好的。在"一立方自然"也难遇到的可能的未来时代,建立在自然时代的全副经验和所有语词都面临失效的危机。那些自然时代的经典大师们也完全可能失去他们的熠熠光辉!而李越这种对题材的冲击无疑是对诗歌的积极拓展。而经由这个后自然的科幻时代，变迁历程终于发展到一个新的临界点，这便是整部诗集最后1首的内容。这是个"地面倾倒，巨石滚动"的荒原世界，一个似乎重回到了盘古开天辟地时的混沌状态。在此，上帝的骰子又开始旋转，随机转到的那一面又将开启一个新的纪元。世界似乎回到了某种偶然性，当然也开启于这种偶然性。通过六个部分，我们看到"远游"以开篇中年走在寒冬深夜的路上为起点，一步步来到了诗末所写的世界尽头。此"游"确实不可谓不"远"也！尽管李越的设计是宏大的，但具体的书写整体说来并不空洞，相应也没有沦为观念和体系的附庸。可以说，整个组诗具有相当饱满的经验内容和血肉支撑。

第二，整体性、体系性追求的根源与李越的哲学教育背景有关。李越虽然走在诗歌的道路上，但不应忘记，他实际上曾是哲学系的学生。《远游》第二部分便有数个地方涉及哲学的学习与阅读经验。"你读着费解的篇什/缠绕的长句绵延/始终找不到一个句点。""枯燥的理论之树上/绵长的复句缠绕/语词的赘疣遍布/显得更加艰深可怖。""绵长的复句"是所有学习哲学，准确说是学习西方哲学尤其是康德以降哲学的人必然要面对的。当然，在林林总总的哲学中，李越受存在主义特别是海德格尔的影响最深。"海德格尔踪迹"不但不断闪烁在他之前的诗歌写作中，也同样闪烁在他的《远游》中。诗中不时出现海德格尔"劳作""还乡""上手之物""大地""馈赠""接受""感谢"等常用语词或近似表达。我之前在一篇文章中说过，这些词汇当然可以作一般化的理解，不必攀附海德格尔，但是，如果能够观照到海德格尔，对李越的理解可能更有抓手。哲学对李越的影响不仅是题材上的、语词上的、思想上的，还有一个就是体系形式上的。整体说来，哲学是一门体系性、形式感极强的学科，即使是那些反对体系的书写，也常常显示着某种体系性。体系性可以说是思考越发深入后汇通各种问题的自然产物。李越写诗也有一种体系的冲动。可以说，哲学的那种体系追求已经根植在他的诗歌创作中，成为其诗创作的重要基础。在此，哲学是以微妙的、对称的方式影响着他的写作。但他毕竟不是从事专门的哲学研究和哲学写作，而是走向了诗的道路，因此这种体系性当然也与哲学的体系性是不同的。

一般而言，这种整体性、体系性书写在一位诗人刚上路时是不易被意识到的，也是更难做到的。它往往是诗歌写作进阶到一定程度之后思考世界、反思自我的产物。而这个阶段往往也是不少诗人放弃写作的时候，当然也是诗人写作的重要分水岭。因为写到一定时间，一部分诗人感到后继乏力，在分心他事、动力不足等种种因素中开始告别写作。而一部分诗人则通过之前漫长的探索，才更切实感到自己更重要的阶段、更重要的作品开始降临。《远游》这样的体系性探索表明李越正在迈向后者。当然，这种体系性追求既不表明这个体系整体是严密得近乎天衣无缝，也不表明每个部分中的各首诗之间同样具有这种严密。但这种体系性写作依然是有相当价值的。一方面，李越巧妙地设计了这样一种结构形式，从而有效地整合了人生丰富多彩的经历和经验，整合了纵横恣肆的想象，也整合了对各种问题的思考。另一方面，集中围绕若干个主题，李越分别通过若干首诗进行多棱镜、立体式的挖掘和探索。这往往比单一一首诗介入得更多维、更深入，相应也展示得更全面、更充分。通过若干首诗（具体为十余首）多维度书写某一主题，又通过若干个主题(具体为六个主题)结集统摄为一个更高的主题,李越将全身心、多元化、多角度的内容融汇凝铸到一起,形成了一个体量不小的建筑整体。从这个角度讲,《远游》是李越个人创作史上的集大成之作。而这种写作路径既可以为诗歌写作者的创作提供启示和参考,也可以为当代诗学提供一种积极的可能的建设方向。

刘德胜,文学博士,长沙学院教师,《中国校园文学》签约作家,著有诗集《怀念一棵树》、小说集《世界末日》(入选江苏省作协"壹丛书"计划)。

远游与切近
——长诗《远游》之踪迹

张存学

长诗《远游》具有深远追问的品质，追问是在时间中的追问。在这追问中，诗中的叙述者是一个结集者和承接者。诗人将叙述者摆放在这样的位置，说明诗人很自觉地退到被让予者的境地中，在此境地中诗人才能从根本上追问人的存在。也就是说，诗人清醒地认识到由主体性主宰的写作和被形而上学规训的写作已经走入死胡同，诗人只有摆脱强烈的主体状态才能对自身和人进行追问。因此，在时间中、在被让予的境地中追问才能使写诗成为真实的。在真实的追问中，悬浮状态、技术摆置、星际流浪这些人存在的状态和背景才会清晰起来。勾画出人存在的真实背景是当代诗人最基本的要求，诗人之所以成为诗人就是因为他本然地在生命中运动和感知。只有在生命中运动和感知才有资格追问人的存在，才能悲剧性地触摸到生命的边界及其他所遭遇的困境。在以上的境况中，阅读李越的《远游》并不是一件轻松的事，诗中在追问中远游的情景，远涉的事物最后都收拢到尖锐而有强度的极限触摸中。

极限触摸指的是对当下人状态的最根本的追问。在这里列出长诗《远游》的最后几节：

风暴：跛脚巨人，脚步
时轻时重，时而擂动重鼓
使大地翻浆，巨石抖筛；
时而轻踢着枯草结成的鞠。

呼哨时紧时松，时而轻佻
时而以尖锐的蜂鸣宣示激烈，
它之为它已到达临界
故障的报警声此起彼伏。

期限已近，脚镣敲击着
银铛的节奏，计算着剩余的时间。
烈风鞭笞，使皮肤绽开血花

血染荒野,这大地的献祭!

地面倾倒,巨石滚动,
上帝的桌子上乱石抖落——
多面骰子旋转着命
终将直击落定时的那一面

以上仅仅列举的是长诗的最后几节,从这几节中已能强烈地感觉到,诗人作为一个发声者发出了极具纯粹性的声音,而能够发出如此声音是由长诗前面饱满的内容铺垫的。可以说,李越的这部长诗凝聚了他生命中幽深、纯粹、丰厚的力量。

20世纪以来,诗的意象中的"荒原"其实是神缺位的"荒原","荒原"的呈现是对人困境的基本描述,与此描述异曲同工的是卡夫卡的言说。这里将卡夫卡的小说、杂记、日记综合起来,说成是卡夫卡的言说,更能说明卡夫卡言说的指向。艾略特的"荒原"是上帝被拉下台、宏大叙述被扯下幕的"荒原",这样的"荒原"是风凄凄、草萧萧的荒原,人面对这种景象惶恐无怙,只能以单薄身影在这荒原上晃来晃去。而卡夫卡以冷峻之思展现了欧洲人内在性的空茫，那是让人惊悚的空茫。几千年来，特别是经过近代以来以人为主体的人文主义运动后，欧洲人不但主宰了自己，也主宰了世界。但在20世纪后，支撑欧洲发展和进步的形而上学却终结了，也就是它的内在性不存在了。随着全球化进程，欧洲内在性的空茫已不仅仅是欧洲的事，而是全世界人的事了。也就是说，人生命的内在性问题已经是每一个人的事了。人被意识、被技术摆置而失去了大地，或者说，人早已被悬空成为星际意义上的流浪者。在这种广泛的情形中，只有真正的诗人才能感受到人的危机，才能在危机中转身溯源汲取力量。而这样的诗人少之又少，在通情于长诗《远游》的过程中，能够强烈感觉到，李越正是这样的诗人。

长诗《远游》从卷一至卷六共有六部分，分别以《往观》《远游》《天运》《言归》《击壤》《回响》为题展开了诗的内容。

《往观》中诗的时间回到童年，由童年野生式的生活过渡到对生的追问，由追问而产生犹豫不止的徘徊，命运的眷顾由此开始。这命运是根本性的命运，是追寻存在的命运。也就是说，从第一卷《往观》开始就定下了全诗的基本脉络，这脉络就是对人的存在的追问，而这种追问从一开始就是命运性的。说命运，就是合诗人之命运。可以这么说，真正的诗人是命运性的，他是被遣送于命运之途而背负起命运之托付的，他一旦被选择被眷顾就没有退路，只能朝着命运之途走下去。

从另一个角度说，这一卷从一开始就立于时间之律动中。本于生命力量的要求，时间成为叙述或追问的重要向度，从而避免了空间带来的观点和立场的纠缠。生命之真在时间中，此一刻的生命和彼一刻的生命完全不同，就像流水一样，此刻的浪花只是此刻的状态，它消失就不存在了。生命之真也是如此，在时间中，它是它自己。为什么要强调这部长诗的时间性？就是为了强调这部长诗的生命感，它的追问是在生命状态中追问的，是生命勃发中迸出的，是生命形成的张力而显现的，它不面对什么，而只面对自己。在意识和技术的摆置中，它惶恐、犹豫、退缩、愤怒，它要求自己成为自己的那种直接性。

如果按照现行的诗写作,像《远游》这样格局的诗,肯定要彰显出理性强度,即要以现行所谓的"思想"来支撑全诗,比如来一点解构,来一些借来的理念,来一些故作高深所谓的终极关怀,等等。说到底,现行所谓有"思想"的诗,或者被称为理性的诗,恰恰是形而上学层面上显现的诗,是形而上学思维积弊所致的诗,是主体主宰下的诗,这样的诗恰恰是非诗的。但《远游》不是这样,因为诗中是生命性的追问,它出自生命的内在,鲜活的生命勃发为它奠基、造型,所以它本身就是创造。它不是出自某种理念,而是出自生命本身。同时,它与思同在。这里的思不同于上面所说的理念之思、思维之思,而是思本身。它思,不对象什么,也不借助什么。

为什么要强调这部长诗的时间性,还有一个重要的原因是,这部长诗强调了个体,只有个体存在才能进入到时间中,但这个个体又不是传统意义上的主体,不是人主宰世界的那个主体。在这部长诗中,个体的"我"只是一个中介,一个聚集者,一个通过者,这样它在显现时间性上就与普遍存在的主体性写作划开了界限。

童年的结束是梦幻的结束，在线性的生命过程中，追问将继续下去，命运也随之运行到求知的道路上。卷二《远游》写求学生活，诗中的"我"面对着多种不明的言说，这些言说或者具有惊醒的性质，或者意向混乱、芜杂，且看不到实质性的东西。求知之欲被切割，被混杂，被层层迷糊，被抽空和迷乱的感觉成为日常状态。在这过程中，个体性的"我"陷落于深渊。幽暗的深渊，意义交叉，歧路丛生。但追问仍是基本底色，诗人在迷乱中恒持着追问的能力。

在这一部分，明显能感觉到诗中"我"触摸到了求知的背景，这个背景也是当下知识界真实的状态。对于一个拿生命来抵问思想的人来说，这样的知识界很可能更多呈现着非思想的状态。抵问思想，也在抵问生命，而"非思想"的知识界是给予不了这些的。知识界更多在价值层面运行，在观点、理论和所谓的各种主义、各种体系中运行，如此运行的所有都与真思想无关，与生命也无关。

诗中的"我"其实处在一个不会思想的环境中，假若有会思想者，也是寥若晨星。思想贫弱的环境无法激发起生命的探知力量，甚至可以说，在一个以各种理论和观点累积和打转的环境中，生命会日益苍白甚至会被销蚀掉。诗中表面上写日常状态，其实指向了日常状态中那个时时存在但又隐没在暗处的巨轮，那个巨轮就是形而上学。它造就了世界，并以它独特的力量使世界成为人造世界。表面上，人在形而上学巨轮下成为世界的主人，但实际上人又被形而上学造就，形而上学切入所有领域中，所有领域都是形而上学的延伸，比如心理学、人类学，等等。在新文化运动一百多年的历史中，传统对应和领受的是西方的学说，它在应对和领受的过程中以极其曲折的方式使自己形而上学化。

近代以来，在强化人的主体性过程中，主体以知性的方式建立世界。知性以意识为手段，将与主体相对的一切都纳入意识的衡量中，被意识认可的事物就成为可用的，成为知识。知识推动生产，生产反过来又丰富知识，而将此方法用在文化和人的精神领域便成为人文科学。人文科学登上思想的殿堂，思想变成了人文科学。

显而易见，领受了追问人存在命运的人处在这样一个环境中只能迷乱。求真是他的天命，而在各种芜杂的言说中，求真几乎成了一件荒诞的事，因为各种言说都以真理自居，在如此真理如林的世界中，求真反而不真实了。

《天运》中远游者走出了校门。社会对他来说深广而迷乱，他必须步步为营、小心翼翼。求职是他生存的必要行为，他得为此奔走并受煎熬。事实上，这种过程也是远游者探知社会的需要，他在命运的遣送下必然要走过这么一程，但他遇到的不确定性事物远远超过了他的承受能力，他奔走、游荡，一次次败下阵来，而这种失败是看不见对手的，在更深的地方，似乎有无形的力量摆置着每一个人。不确定性正是这种力量的特性，也是它所需要的。在这样的境遇中，即使年轻人之间的爱都变得脆弱而无助。因为孱弱而相向而爱，也因为孱弱不能相互支撑而各自消失。

悬浮是社会中人的状态。远游者感受到的是一种特定背景下人被摆置、悬浮而起，悬离了大地，在水泥砌积的世界里像影子，像千篇一律的面具一样游走、飘浮，而他们相互勾连的氛围又阴暗而多变。

诗人几乎是用旁白的语气抒写以上经历的。它是远游者的经历，远游者在这种境遇中不断遭遇不明的未来，遭遇错位和失落的状态，同时也遭遇碾压和轻蔑的境况。诗中的游历者所经历的一切显示了这些问题：是什么样的力量如此摆置人？它从何而来？这是在全球化背景下要追问的问题，但诗人没有回答这些问题。回答这些问题不是诗人的职责，诗人的职责只是将生命之真显示出来，诗人的尊严在于持守求真的品格。

第四卷题为《言归》，第五卷题为《击壤》。这两部分似乎在说同一个内容，即还乡的内容，但两部分中的故乡是两种截然不同的故乡。

诗人的天职是还乡。也就是说，还乡是诗人的天命。人被悬浮而起的现实中，诗人的这种天命尤为突出，而这里所说的故乡，所说的诗人天命中要回去的故乡是人的源头，这个源头不是乡村意义上的源头，不是与城市相对的村野，也不是所谓的家乡。这一源头说的是人成为人的那个源头，那个天地人神共在的存在，人于其中领受馈赠并安然于大地的轰鸣。此时的人是真正大地上的人，是与大地无法分开的人。这大地也不是闲情逸致者走到旷野里看到的大地，而是人领受存在并安然于天地人神共舞中的大地。诗人之所以成为诗人，就是他天命要回到这样的故乡去。

《言归》中的故乡其实就是现实中的乡村，或者说是主体性人的家乡。家乡在主体性人的眼里是出生之地，是父母生活之地，也是冒着炊烟、夕阳西下的地方。这样的故乡对于主体性的人来说，是偶然想起的地方，是情结性的地方，甚至可以说，是待在楼房里幻想自己走在田野中的地方。一句话，这样的故乡是情绪性的故乡，情绪的主体需要这种情绪时抒一下情，装模作样写一写故乡的驴和牛，要么写一写故乡母亲的皱纹、父亲的愁容，写一写草原的辽远、戈壁的荒凉，或者是江南水乡的雨愁，等等。情绪性的故乡是为主体服务的，是排遣性的，是寄情性的，同时也是为了博得读者的一点打赏而写的。写这诗的人，要他真正再回到他们笔下的故乡生活下去，打死他们都不会去的。严格地说，这样的故乡不是源头性的故乡，不是使生命领受大地让予的故乡。

那么有人会说，他在心里、在精神上可以诗意地栖居。如此说还是一种主体性的言说，还是将自己放在主人的位置上说话的。诗人在时间中，他只是道说者，是天地人神合融中的划界者，是倾听大地轰鸣而进行道说的人。诗人不是人文主义意义上的那个世界主宰者，不是以自我为中心的浅薄的抒情者，甚至，诗人不是站在自我立场上的那个小小的解构者。荷尔德林的诗句"人在大地上诗意地栖居"历来被理解成人是栖居的主体，是主动者，是人要在大地上栖居。这样理解便是主体下的闲情逸致，是自我情致的滥溢，是将人放到主宰者位置的一种自我陶醉，一种煽情。这样理解荷尔德林的诗句恰恰是理解反了。荷尔德林的"诗意"应该是"诗性"，"诗性"更能体现荷尔德林诗思同源的本意，而且，不是人作为主体要在大地上栖居，而是大地让人栖居。也就是说，荷尔德林这句诗的意思是：人切近存在（作诗），大地会敞开胸怀让人栖居。"让栖居"的前提是人先要行动于诗性。

《言归》非常清楚地描摹出现实的乡村并不是诗人栖居的地方，它早失去了栖居的那种大地性。诗中清楚地表明，现实中的乡村只延续着血脉的亲情，延续着宗法意义上的人伦递续，也就是说现实中的乡村已经不具有收拢性，它的内在性早已随着全球化的蔓延而消失，它是荒芜的，是催人逃离的地方，它已经不具有让人回归的那种栖息感。

而同样写乡土的第五卷《击壤》，写的是回归和栖居的大地。这一卷写得极其灵动，将大地之上的劳作写得淋漓尽致。由劳作切入大地，劳作就是切近存在，就是荷尔德林所说的"诗性"，就是作诗。大地让栖居的前提是，人必须是"诗性"的，也就是必须是切近存在的，分有存在的。这里的"诗性"就是作诗，就是劳作。由于劳作大地敞开了胸怀，大地在人的劳作中轰鸣回响，它接纳劳作者。这样的故乡才是真正的故乡，是栖居之乡，是人成为人的那个源头。

可以说，这一部分是诗人李越对故乡的深刻理解，这种理解是在诗的根性上作出的理解，他由此站到了地平线上。在这样的地平线上，他期待着日出的辉煌，期待着大地的复苏。

回归大地故乡是一种期待，而严酷的现实是人被技术摆置，被意识性的积弊摆置，被形而上学摆置。这是全诗最后一卷《回响》的内容。用以下这些词语可以看出当下的人是什么样的：被激醒的病态身体、身体中的芯片、器官被置换、霓虹灯、钢铁、飞行器、音响、光束、信息茧房、电子狗、城市光影、太空电梯、人造卫星，等等。

可以说，李越将人被技术摆置的状况放大并投放出巨大的忧虑感，甚至是绝望感，在李越的笔下，人被技术摆置的现状将继续下去。事实上也是这样，人被技术摆置的速度远远超过了人们的想象。技术每一天都在改变人，它要将人改变成它所需要的模样和它需要的机器性，而且这种改变是不知不觉的。当下的人在技术的摆置下已经成为病态的，或者说已经趋向非人化。在此情景下，技术会将人带向何处？这一点许多人是不会思想的，而诗人的敏感使他看到了风暴的来临。

诗人的命运——被赋予追问的命运，使诗人追问到人最终的困境，与此相伴的是诗人切近存在的紧迫感，没有切近存在的紧迫感就担负不起追问的命运，也无法对人的困境作出深刻的勾画。而且，这种追问并不是简单的情感迸发，它从一开始就呈现着生命勃发的状态：诗与思同时发生。持守生命的尊严和活力，同时思所思之物。随之留下的轨迹是：远游中知识殿堂、摇摆而迷乱的职场生活、回归后的现实故乡，真正的故乡意味着什么，最后是人在技术中的困境。如果再往清楚梳理一下，可以理解诗语所思之思。它们是，人被形而上学抛出，形而上学切入技术中又将人抛向星际，人成为星际意义上的流浪者。而风暴终将会来临。这风暴是诗人的预感，也是诗人的期待，在风暴中，那个延续着形而上学力量的世界被打乱。在风暴的轰响中，诗人切近源头。

从这部诗可以看出，李越在不断超越自己走向纯粹。在诗与思的融合上，他显得从容自信，没有造作和生硬感。对人存在的极限性追问使得这部长诗显现出现代诗的强度，这强度是诗的强度，也是思想的强度。

还可以看出，李越在表达上很自然地走中国古典式韵节的路子。韵是汉语的魂，汉语之韵就是汉语涌现本身，韵在其中了，汉语的命脉就在其中了。语言是故乡，能在汉语之韵中安身，就切近故乡了。

张存学，中国作家协会会员，中国文艺评论家协会第一届理事会理事,曾任甘肃省文艺评论家协会常务副主席、甘肃省文联文艺理论研究室主任。著有中篇小说集《蓝丽》、长篇小说《坚硬时光》《轻柔之手》《我不放过你》《白色庄窠》等。